조선사 연구

범우문고 154

조선사 연구(초)

신채호 지음

범우사

차례

이 책을 읽는 분에게 · 7

서(序) · 9
고사상 이두문 명사(吏讀文名詞) 해석법 · 13
삼국사기 중 동서 양자(東西兩字) 상환 고증 · 35
삼국지 동이열전(東夷列傳) 교정 · 42
평양패수고(平壤浿水考) · 58
전후삼한고(前後三韓考) · 92
조선 역사상 일천년래 제1대사건 · 146

이 책을 읽는 분에게

　단재(丹齋) 신채호(申采浩) 선생이 중국 여순 감옥에서 눈을 감은 지 올해로 예순 한 해가 된다. 선생은 한국 근대사에서 고봉을 이룬 언론가로 투철한 민족주의자였으며, 불굴의 독립운동가로서 조국과 겨레를 위해 평생을 몸바친 광복의 화신이었다. 누구보다 나라와 겨레를 사랑한 선생은, 정의에 입각한 예리한 필봉으로 반민족적인 자들에게 경종을 울려 주기도 했다.

　선생은 또 과거의 유학자나 교과서들이 신라의 삼국통일을 찬미한 것을 통박하고, 신라의 통일은 통일이 아니라고 규정하였다. 왜냐하면 그것은 반변적(半邊的) 통일로, 고구려 별부 출신의 대조영(大祚榮)이 말갈족을 이끌고 만주에 발해국을 세웠기 때문이다. 엄밀히 말해 통일이라기보다는 3국이 2국이 된 것에 불과하다는 것이었다.

 선생의 이러한 견해는 삼국통일을 찬양함으로써 압록강 이남만을 우리 나라로 규정한 많은 역사가들의 의식에 일침을 가한 것으로, 매우 독특한 해석이라고 할 수 있다.

 여기 소개하는 글은 선생의 유고 중, 고사(古史)에서 이두문(吏讀文) 해석법,《삼국사기》가운데 동(東)자와 서(西)자가 서로 바뀐 것 고증,《삼국지》동이열전(東夷列傳) 교정, 평양패수고(平壤浿水考), 전삼한(前三韓)·후삼한 고찰 등을 깊이 연구한 부분에 대하여 밝힌 것이다.

 또,《조선사연구(草)》는 다른 사서(史書)의 내용과 판이(判異)하게 기술한 것이다. 논문 형식으로 서술하되, 우리 나라 상고(上古)시대로부터 삼국시대 전반기까지의 언어·풍속, 당시의 판도(版圖) 등에 대하여 자세히 고찰하였다.

 원문은 한자가 너무 많고 7, 80년 전의 고투(古套) 문장이라 누구나 쉽게 이해할 수 있도록 풀어서 엮었다. 선생의 사관(史觀)을 이해하는 데 보탬이 되었으면 하는 바람이다.

1997년 1월
편 집 부

서(序)

이 《조선사연구[초](朝鮮史硏究[草])》는 나의 친구 신단재(申丹齋)의 연구적 사론(史論) 약간편을 수집(蒐集)한 것이니, 모두 한 번 신문지상으로 세상에 발표된 것이다. 이역(異域)에 표박(飄泊)하는 단재가 이것을 고국 신문에 발표함에는 간혹 친구들이 서자(書字)로 권한 힘도 없지 아니하나, 대개는 약간의 원고료를 얻어서 그의 4세(世)의 일점 혈육이라는 어린 아들 수범(秀凡)의 양육비를 보태어 주려 한 것이다.

내가 이것을 수집하여 간행하겠다고 기별하고 출판할 준비를 차리었더니, 〈평양패수고(平壤浿水考)〉에 불만한 점이 많으니, 다시 수정하겠다는 단재의 편지가 왔었다. 그 편지 온 것이 맡기 어려운 출판 허가를 맡은 뒤라, 원고를 멀리 보내어 수정한 후 또다시 허가를 받아서 간행하려 하면, 시일이 많이 허비될 뿐 아니라 또한 다른 층절(層節)이 없지 아니할 것이므로, 판을 거듭할 때나 기다리라고 밀막아 회답하였더니, 그 뒤에 온 편지에는 일보 더 나아가 출판을 중지할 수 있으면 좋겠다는 말까지 있었다. 지금 저자 단재의 의사를 밝혀 보이기 위하여 편지 1절을 옮기어 적는다.

소위 사초(史草)는 기송(寄送)하던 당시에 수범의 일을 위하여 자심(自心)에도 불만한 것이 많음을 불고하고 해 보내기를 개시하였던 것이오. 그 뒤에는 작년 추(秋)에 형의 편지 오기 전에 차처(此處)에서 경솔하게 어느 친구의 약속을 받아 일편(一篇) X사(史)를 만들기로 허락하였다가, 불의(不意)에 형의 편지가 와서 좌우 관계를 다 모른다 하게 못 되어, 양편을 답응하여 이것저것이 다 불성실하게 된 것이올시다. 그 간행 문제를 중지시킬 수 있으면 중지하는 것이 좋겠습니다마는, 여기서 지금 초(草)하는 것도 이제 와서는 매우 맹랑(孟浪)한 일로 생각됩니다. 자료도 부족하고 평일의 연구도 너무 조솔(粗率)하던 것이 자꾸 자각(自覺)됩니다. 더욱 전일에 부분적 논문이나마 경솔히 쓴 것이 후회됩니다.

이 일에 대하여 사뢰고 싶은 말씀이 많으나 아직 그칩니다.

단재는 자기의 고심 연구한 것을 초하다가 갑자기 없애버리는 버릇이 있으니, 이것은 다름이 아니라 초한 것을 다시 살펴보고 불만을 느끼는 까닭일 것이다. 그의 불만하여 하는 모양으로 보면, 그의 역사상 연구가 멘텔리란 학자의 수학·언어학 지식과 같이 암중(暗中)에 매몰되고 말는지도 모를 일이다. 주옥이 매몰됨을 아까워함은 상정(常情)이니, 나는 한갓 나의 친구를 위하여 모충(謀忠)함이 아니요, 심상(尋常)한 주옥으로 비(比)치 못할 단재의 연구를 일단(一端)이라도 매몰치 아니하려고 함이다. 그러므로 나는 다시 편지로 단재에게 권하기를 '불만을 참으라. 초하는 것을 중지하지 말라' 하였다. 중지하지 말라고 한 것은, 어느 기회에 이 사초처럼 간행하게 되기를 깊이 바라는 까닭이다.

　끝에 임(臨)하여 무한한 호의로 출판을 맡아 힘써 준 친구 홍석하(洪石下)에게 감사한 뜻을 표한다.

병인(1926) 소춘(小春)
홍 명 희(洪命憙)

고사상 이두문 명사(吏讀文名詞) 해석법

1. 서론

어떤 이는 이를 웃으리라, 번거롭고 무익한 일이라고. 그러나 착오가 이에서 교정되고 거짓이 이에서 '참'으로 돌아가서, 각각 그 시대의 본색이 이에서 드러난다. 이미 흩어져 잃어버린 조선 역사상의 큰 사건이 이에서 발견된다. 그러므로 이것이 곧 땅속의 고적을 발굴함에 비길 만한 조선사 연구의 비결이다.

예로부터 무식쟁이들이 이 비결을 함부로 침범하여 도리어 본뜻을 얼떨떨하고 어지럽게 한 일이 많다. 예를 들면, 지은이를 모르는 《동언고략(東言考略)》에 신라가 부여를 미워하여 '부여 죽인다'는 말이 생기고, 이아정(李雅亭 : 덕무)이 고구려는 '개구리'라는 뜻을 취했으며, 정다산(丁茶山 : 약용)이 위례성(慰禮城)은 위리(圍籬 : 울)란 뜻을 취함이라 하였다. 요즘 일본의 어떤 학자들이 변한의 '변(弁)'은 음이 '배'라 배암(뱀)의 '배'니 사한(巳韓)이란 뜻이고, 마한(馬韓)은 오한(午韓)이란 뜻이니, 진한(辰韓)·마한·변한은 다 십이지(十二支)에서 취하여 소재의 방위를 증명함이라 하였다. 이처럼 참고될 만한 증거가 없이 비슷한 음을 취하여 억지로 단정을 내릴진대, 구태여 '부여 죽인다'는 말이 부여 때문에 생겼겠는가. '비었다' '부옇다' 등의 말도 다 부여 때문에 생긴 것일 테니, 구태여 '개구리'만 고구려의 이름을 지은 원인이 될 뿐이랴. '꾀꼬리' '개꼬리' '게꼬리' 등이 모두 고구려란 이름에서 나온 것이다. 백제 초년의 병산(甁山)·마수(馬首)·고목(高木)·우곡(牛谷) 등 성과 나무 울타리가 다 그 소재지의 땅이름으로써 지은 것인데, 오직 그 서울의 위례성을 한강의 옛 이름인 '아리'에서 취하지 않고 '위리'의 뜻으로 이름했다 함은 무슨 설인가. 변한의 '변'을 배암의 '배'에서 뜻을 취하였다 함은 더구나 한 번 논박할 가치도 없지만, 삼한의 위치가 명백히 진한은 동, 마한은 서, 변한은 남쪽이거늘, 이제 마한은 오방(午方), 변한은 사방(巳方)이라 함은 무엇에 의거하였는가.

대체로 보아 상고사에서 이두문으로 쓴 명사의 해석에 허다한 어려움이 있다. 대개 이두문은 한자의 온 음과 온 뜻 혹은 반음·반뜻으로 만든 일종의 문자이다. 그러나 이두문이 구결문(口訣文)이 되기 전에는 자모의 발견만 못 되었을 뿐 아니라 일정한 법칙도 없었다. 같은 '백(白)' 자이지만 '상백시(上白是)'의 '白'은 그 온 뜻을 읽어 '살'이라 하면서 '백량(白良)'의 '白'은 그 반음을 읽어서 '바'라 하느냐 하면 해답이 없으니, 그 어려움이 하나이고,

한자로 지은 주(州)·군(郡)·현(縣)의 이름은 경덕왕 때에 비롯하였는데, 그것을 변경할 때 추화(推火 : 밀불)가 밀성(密城)이 되고, 금물노(今勿奴 : 거물라)가 흑성(黑城)이 된 것같이, 옛 이름을 번역하여 쓴 것도 있지만, 퇴화(退火)를 의창(義昌), 비화(比火)를 안강(安康)이라 하여 아주 옛 이름의 본뜻을 버리고 한자로 지은 땅이름이 더 많다. 중국의 벼슬 이름을 모방함은 궁예왕에서 비롯하여 고려 광종 때 완성하였으나, 이 또한 하나도 옛 이름을 번역하여 쓴 것이 없으므로, 이름의 원류를 찾을 때에 매양 앞뒤의 연대를 자르는 아쉬움이 있으니, 그 어려움이 둘이며,

《삼국사기》나 기타 사책에 이두문으로 쓴 당시의 본명으로 실록에 적지 않고 뒷날에 번역하여 쓴 한자의 명사를 기술하였다. 예를 들면, 백제가 쓰던 한강의 이름인 욱리하(郁里河)가 겨우 개로왕기에 한 번 보인 것 이외에는 오직 신라가 고친 이름인 '한강'이 온조 초년

부터 보였다. 고려가 쓰던 요동성(遼東城)의 이름은 오열홀(烏列忽)이거늘,《삼국사기》에 오열홀이 겨우 지리지에 한 번 보인 것 이외에는 모두 수(隋)·당(唐) 사람들이 호칭한 요동성으로 적었을 뿐이다. 그리하여 아주 고증할 수 없게 된 본명도 허다할 뿐더러, 어떤 것은 당시의 본명인지 뒷날에 번역한 이름인지 알 수 없게 된 것도 적지 않으리니, 그 어려움이 셋이요,

조선의 사책은 예로부터 저자만 있고 독자는 없는 서적이다. 무슨 사책이든지 잘못 쓴 자, 잘못 든 자, 같은 글자를 거듭 쓴 자, 빠진 자가 지면에 꽉 찬 가운데, 더구나 옛 땅이름과 옛 벼슬 이름 같은 것은 오랑캐말이라고 배척하여, 그런 책은 거의 베껴 쓰거나 인쇄인이 제멋대로 하여 바로잡는 이가 없었다. 중국 24사(史) 중 이른바 〈조선열전〉〈동이열전(東夷列傳)〉에 적힌 명사가 들은 풍월로 음역한 것도 있지만, 직접적으로 당시 이두문의 본명을 그대로 가져다가 쓴 것도 적지 않다. 그러나 수백년 이래로 고서 고증에 늙은 중국 문사들이 남의 역사에는 사정도 막혔을 뿐더러 노력도 좀 아껴서, 모든 사실(事實)의 잘못이나 문구의 거짓도 발견한 이가 없거늘, 하물며 그들의 눈에 서투른 일반 명사임에랴. 그러므로 그 〈조선열전〉 등의 잘못 쓴 자, 잘못 든 자, 같은 글자를 거듭 쓴 자, 빠진 자가 또한 대단하

여 신용하기 위험한 기록들이니, 그 어려움이 넷이며,

언어는 사판적(死板的)이 아니오 활판적이라, 시대를 따라 생멸하며 변화하므로 《훈몽자회(訓蒙字會)》《용비어천가》나 〈처용가〉 같은 것에 의거하면, '코'가 '고', '가랑이'가 '가랄', '잇기(이끼)'가 '잇', '강'이 '가람', '바다'가 '바랄'이요, 《삼국사기》나 《만주원류고》 같은 것에 의거하면 '쇠'가 '물', '삼림'이 '와지', '관할 경계'가 '주선'이다. 그러면 이밖에 소멸하거나 변개된 말이 얼마인지 모를 것이니, 그 어려움이 다섯이다.

그러나 이 조선사를 연구하지 않으려면 모르거니와 연구하려면 여기에 힘쓰지 아니할 수 없는 바라, 이제 앞으로 천려(千慮)의 일득(一得)을 기술하여 일반 독자의 살펴 정정함을 바란다.

2. 해석 방법

(1) 본문 자체의 고증

이를테면 《삼국사기》 직관지에 각간(角干)을 일명 '서불한(舒弗邯)' '사발한(舒發翰)'이라 하였다. '角'은 '쇠뿔'이란 뜻이고 '서불' '서발'은 '쇠뿔'의 음이니, 무관이 쇠뿔로 만든 활을 씀으로써 벼슬 이름을 지음이다. 근세까지도 영남 사람이 무관을 '쇠뿔애기'라 함이 그 유풍이다. '간(干)' '한(邯·翰)'은 다 '한'음이므로 '각간' '서불한' '서발한'은 모두 '쇠뿔한'으로 읽어야 한다.

열전에 이사부(異斯夫) 일명 태종(苔宗)이라 하고, 거칠부(居柒夫) 일명 황종(荒宗)이라 하니 '이사'는 잇기(이끼)라는 뜻으로 '잇'이요, 거칠은 황(荒)의 뜻이니 '거칠'이며, 夫는 《서경언해》에 사대부를 '사태우'로 풀이함에 따라 그 옛 음이 '우(위)'이니 마루(宗)라는 뜻이다. 그러므로 이사부는 '잇우', 거칠부는 '거칠우'로 읽은 것이다. 본기(本紀)에 '소지(炤智) 또는 비처(毘處)', '벌휘(伐暉) 또는 발휘(發暉)'라 하였으니 '소지'의 '비칠 소(炤)'에서 반뜻을 취하여 '비', '지'는 온 음을 취하여 '치'로 읽은 것이다. 소지와 비처가 한가지로 '비치'이며 이두문에 번번이 불(弗)·발(發)·벌(伐)로 통하는 것이어서, '벌휘'와 '발휘'가 동일한 '뿔휘'이니 뿔휘는 〈용비어천가〉에 의거하면 현대어에서의 '뿌리'이다.

지리지에 삼척군은 본디 실직국(悉直國)이고 금양군(金壤郡)은 본래 휴양군(休壤郡)이라 하였으니 '세치'의 음이 '실직'이 되며 '세'는 뜻으로, '치'는 음을 써서 삼척이 된 것이요, '쇠라'를 음으로 써서 휴양이 되고 '쇠'를 뜻으로 써서 금양이 되었다.

이러한 예는 이루 셀 수 없으므로 아직 생략하거니

와, 이상은 곧 여타의 먼 고증을 기다릴 것 없이 본문에서 그 해석을 구할 것이다.

(2) 동류의 간접 고증

이를테면 옛 역사를 읽다가 땅이름의 꼬리에 달린 홀(忽)·파의(波衣)·홀차(忽次)·미지(彌知) 같은 것을 만난다고 하자. '홀'이 곧 '골'인가 하는 의문이 있지만 의문이 확설이 되지 못하니, 반드시 미추홀(彌鄒忽)·술이홀(述爾忽)·비열홀(比列忽)·동비홀(冬比忽) 등 모든 '홀'의 동류를 찾아내야 확설이 될 것이다. '파의'가 곧 '바위'인가 하는 가정이 생기지만 가정으로 단안을 내리지 못할 것이니, 반드시 조파의(租波衣)·구파의(仇波衣)·구사파의(仇斯波衣)·별사파의(別史波衣) 등 모든 '파의'의 동류를 찾아내야 단정할 수 있다. 갑비홀차(甲比忽次)·요은홀차(要隱忽次)·고사야홀차(古斯也忽次) 등 모든 '홀차'의 동류를 찾아내면 홀차가 곧 '고지(반도)'인 줄 알 것이며, 송미지(松彌知)·고마미지(古馬彌知)·무동미지(武冬彌知) 등 모든 '미지'의 동류를 찾아내면 미지가 곧 '물굽이'인 줄 알 것이다.

한양의 남산도 목멱(木覓)이고 평양의 남산도 목멱이니, 남산과 목멱이 서로 떨어지지 않는 관계로 인하여 '목멱'은 마메, 곧 '남산'의 이두문인 줄 알 것이며, 송산(松山)의 옛 이름이 부사대(夫斯達)이고 송현(松峴)이 부사파의, 송악(松嶽)이 부사갑(扶斯岬)이니, '송'과 '부사'가 서로 따라 다니는 원인으로 말미암아 송(松)의 고어가 '부스' 곧 부사인 줄 알 것이다.

 이상 본문에서 그 해석을 구할 수 없는 명사는 그 동류를 찾아 모아서 미루어 판단할 것이다.

(3) 앞이름의 소급 고증

 이를테면 황해도 문화현의 구월산(九月山)을 단군의 아사달(阿斯達)이라 한다. 해석자가 이르기를, 아사는 '아홉', 達은 달이니 '구월'의 뜻이라 하나, 아사를 '앗·엇·옷·웃' '아쓰·어쓰·오쓰·우쓰' 등으로 읽을 수 있으나 아홉으로 읽을 수 없고, 達의 음은 '대'인데 산봉우리란 뜻이다. 청주의 상당산(上黨山)을 '깃대'라 칭하는 유니,《삼국사기》지리지에 난산(蘭山)의 옛 이름이 석달(昔達)이고 청산(菁山)은 가지달(加支達), 송산은 부사달이니, 아사달(阿斯達)의 達도 그와 같이 음은 '대', 뜻은 산봉우리이니 '달'의 뜻으로 풀이함은 옳지 않다. 구월산의 옛 이름은 궁홀(弓忽)이고 궁홀의 별명은 검모현(劍牟縣) 혹은 궁모현(窮牟縣)이니, 셋을 합하여 보면 궁홀을 '굼골'로 읽어야 하며, 고구려 말엽에 의병대장 검모잠(劍牟岑)이 의병을 일으켜 당(唐)과 싸우던 곳이다. 굼골의 명산이므로 굼골산이라 한 것이니, 마치 금강산이 '개골'에 있는

산이므로 개골산이라 한 유이거늘, 이제 굼골을 구월로 와전하고 구월을 아사달로 위증하여, 단군의 후예가 구월산으로 도읍을 옮긴 것처럼 꾸며 사실을 위조하였다. 그러나 이는 신라 경덕왕이 북방 주·군의 이름을 바꾸고 따라서 고적까지 옮길 때에 만든 것이며 사실(史實)이 아니다.

북부여의 옛 이름이 조리비서(助利非西), 하얼빈은 비서갑(非西岬)이다. 속어에 팔월 추석을 '가우절'이라 하고 《삼국사기》에는 가배절(嘉俳節)이라 하였으므로, '非·俳' 등의 글자가 고음에 '우'임이 명백하니 '비서'와 '아사'가 음이 서로 비슷하다. 단군 후예인 해부루(解夫婁)는 하얼빈에서 동쪽으로 옮겨 동부여가 되고, 해모수(解慕漱)는 하얼빈에서 우뚝 출세하여 북부여를 세웠으며, 아사달은 곧 비서갑이니 현 하얼빈의 완달산(完達山)이 그 유적지가 된다.

이상은 그 아비와 할아비의 성씨를 알면 그 자손되는 사람의 성씨도 자연히 알게 되듯이, 이 명사가 발생한 지방이 모호하면 그 옛 이름을 찾아 진짜와 가짜를 아는 것과 같다.

(4) 뒷이름을 따른 고증

진수(陳壽)의 《삼국지》 삼한전에 모든 벼슬을 다 '지

(智)'라고 이름하였는데, 그 가운데 높은 벼슬은 '신지(臣智)'라 했으며 이를 간혹 '신운견지(臣雲遣支)'라 칭한다 하였으니, 지·신지·신운견지 등을 당시에 무엇이라 읽었겠는가. 고대에 여러 소국의 종주(宗主)가 되는 대국을 진국(辰國), 여러 소왕들을 관할하는 대왕을 진왕(辰王), 여러 소도(蘇塗 : 신단)의 종주되는 대소도를 신소도(臣蘇塗)라 하였는데, 臣·辰 등을 다 '신'으로 읽어야 한다. '신'은 '크다·모두·위·제일'의 뜻이요, 智의 음은 '치'니 벼슬 이름의 支·智 등의 글자는 모두 '치'로 읽어야 한다. 臣智 곧 '신치'는 집정한 수상이요, 신운견지(臣雲遣支)의 '雲'은 아래 문장의 신운신국(臣雲新國)의 '雲'을 여기에 거듭 쓴 것이니 '雲'자를 빼고 '신크치'로 읽음이 옳다. 신견지는 고구려의 태대형(太大兄), 신라의 상대등(上大等)이니 '신크치'의 음이 '신견지', 뜻이 '태대형' 혹은 '상대등'이 된다. '대형'은 일명 '근지(近支)'이다. 대체로 '태대'는 모두 '신크'이니 김유신전(金庾信傳)에 보이는 연개금(淵蓋金)의 태대대로(太大對盧)는 '신크마리'로 읽어야 하며, 김유신의 태대각간은 신크쇠뿔한으로 읽어야 된다.

지은이가 한두 해 전, 북경 순치문(順治門) 안의 석등암(石燈庵)에 우거할 때였다. 동몽골 노승을 만나 동서남북을 가리키며 몽골말로 무엇이냐고 물으니, '동은 준라, 서는 열라, 남은 우진라, 북은 회차'라 하므로, 그 명칭이 고구려의 순나(順那)·연나(涓那)·관나(灌那)·절나(絶那) 등 동서남북 4부(部)와 비슷하므로 기이하여 매우 놀랐다. 뒤이어 한자로 써서 서로 문답하다가 원(元) 태조 황제를 칭기즈칸(成吉思汗)이라 칭한 뜻을 물었다. 몽골 말에 성길(成吉)은 '싱크'이니 최대, 사(思)는 음이 '쓰'로 위세와 권력, 한(汗)은 제왕이란 뜻이니, 칭기즈칸은 곧 무상 최대의 위권을 가진 제왕을 뜻한다 하였다. '싱크'는 대개 조선 고어의 '신크'가 변화한 것이니, 삼국 이두문의 학자의 붓으로 원 태조의 이름을 쓰자면 태대사(太大思)라 해야 하겠다. 그러면 태대의 이름을 가지고 역사상에 나타난 이가 김유신·연개소문·칭기즈 칸 셋이니, 비록 문명함과 야만스러움의 다름과 활동 분야의 대소는 동떨어지게 다르나, 각각 한때 동양 정치 무대의 매우 괴이한 인물이니 또한 일종의 가화(佳話)라 하겠다.

이상은 후세의 연혁을 좇아 이 명사의 뜻을 찾아내는 종류이다.

(5) 같은 이름에 다른 글자의 상호 고증

앞에 기술한 모든 명사가 거의 같은 명사를 서로 다른 글자로 쓴 것이지만, 그 가운데 가장 복잡한 것이 두 가지이다.

첫째는 '라'니, 사라(沙羅)가 사량(沙良), 가슬라(加瑟羅)

가 가서량(加西良), 평양(平壤)이 평양(平穰)·평나(平那)·백아(百牙)·낙랑(樂浪)·낙량(樂良) 등, 대량(大良)이 대야(大耶), 가라(加羅)가 가락(駕洛)·가야(加耶)·구야(狗耶)·가량(加良) 등, 안라(安羅)가 안야(安耶), 매라(邁羅)가 매로(邁盧), 신라가 사로(斯盧), 순나(順那)·연나(涓那) 등이 순노(順奴)·연노, 혹은 순루(順婁)·연루 등도 되어 갈래를 잡을 수 없으나, 기실은 라(羅)·량(良)·로(盧)·노(奴)·루(婁)·나(那)·아(牙)·양(壤)·야(耶 : 邪) 등을 모두 '라'로 읽을 것이니 '라'는 '내(川)'라는 뜻이다. 《삼국사기》에 고국양(故國壤) 일명 고국천(故國川)의 '壤' 등, 소나(素那) 일명 금천(金川)의 '那' 등, 비류노(沸流奴) 일명 비류천의 '奴' 등이 '라'됨을 증명하였다. 양(穰)·양(壤) 등의 글자가 어찌 '라'가 되느냐. 훈민정음에 'ㅿ은 양(穰)자의 첫 발성과 같다(ㅿ 如穰字初發聲)' 하였으니, 'ㅿ'은 이제 소멸된 음이지만 《노걸대(老乞大)》 《박통사언해》 등의 책에 북경말의 '날(日)'을 'ㅿ'로 발음하였으니 'ㅿ'은 곧 'ㄹ'과 비슷한 것이다. 양(穰) 자의 전성(全聲)이 '랑'과 비슷한 '랑'이므로 이두문에 '펴라'—'펴아'라 씀이 옳으나 '아'가 소멸된 자이므로 '라'로 대신함—란 '물'을 쓸 때 음으로 써서 평양(平穰)·평양(平壤)·백아(百牙) 등이 된다. 윗자는 뜻으로, 아랫자는 음으로 써서 낙랑(樂浪)·낙량(樂良) 등이 되며, 윗자는 음으로, 아랫자는 뜻으로 써서 패하(浿河)·패강(浿江)·패수(浿水) 등이 되었으니, 속어에 평양립(平壤笠)을 '펴랑이(패랭이)'라 함을 보아도 평양을 이두문에 '펴라'로 읽은 것이 명백하다. 평양이나 패수가 한가지로 '펴라'이면 '펴라'가 어찌 물이름이 되는 동시에 또 땅이름이 되겠는가. 공주의 '버드내'가 물이름이지만 그 물가의 역이름도 '버드내'이고, 청주의 '까치내'가 물이름이지만 그 물가의 마을 이름도 '까치내'이니, 《삼국지》에 '고구려는 큰 물가에 나라를 세워 살기를 좋아하였다'하였으니, 물가에 건국함은 조선 사람 고래의 습속이다. 그러므로 라·량·로·노 등 모든 '라'의 땅이름이 있는 것이며, '나라'의 명칭이 '나루'에서 비롯하였다. 평양과 패수가 이와 같이 갈리지 못할 관계가 있거늘, 순암(順庵 : 안정복)선생은 패수를 대동강으로 잡고서 위만의 평양을 그 5백 리 밖의 한양에서 구하며, 일본 사람 백조고길(白鳥庫吉)은 현 평양으로 잡고서 위만이 건넌 패수를 압록강의 하반부라 하였으니, 이는 다 '펴라'란 이름이 이두문의 평양·패수 등이 됨을 모른 까닭이다.

둘째는 '불'이니, 삼한의 비리(卑離), 백제의 부리(夫里), 동부여·북부여·졸본부여·사비부여 등의 '부여', 추화(推火)·음즙화(音汁火) 등의 '火', 불내성(不耐城)의 '不', 사벌(沙伐)·서라벌(徐羅伐) 등의 '伐'을 다 '불'로 읽어야 할 것이다. '불'은 평지, 곧 도회라는 뜻이라, 청(淸) 건륭황제의 《흠정만주원류고》에 삼한의 '비리'를 곧 청의 벼슬 이름인 '패러(貝勒)'와 같은 것이라 하였다. 그러나 이를 백제의 지리지와 대조하면 모로비리(牟盧卑離)는 모량부리(毛良夫里), 피비리(辟卑離)는 파부리(波夫里), 여래비리(如來卑離)는 이릉부리(爾陵夫里), 감해비리(監奚卑離)는 고막부리(古莫夫里)이니, '비리'는 나라 이름이요 벼슬 이름이 아니다. 그 상세는 졸저 〈전후삼한고〉에 보인다.

이상은 곧 복잡하게 서로 다른 이름자에서 음과 뜻, 연혁으로써 그것이 같은 이름됨을 발견한 것이니, 조선 고사 연구에 비상한 도움이 있을 것이다.

⑹ 다른 몸체에 같은 이름의 분리 고증

앞서 기술한 '같은 이름에 다른 글자'는 '라' '불' 등 보통명사에 관하여, 같은 이름이 다른 글자로 쓰인 것을 논술한 바거니와, 여기서는 고유명사 가운데 글자의 같고 다름은 불문하고 이름이 같은 것을 논증하려 한다. 예를 들면 《동사강목(東史綱目)》 지리고에 대동열수(大同列水)·한강열수의 논변이 있고, 송화압록(松花鴨綠)·요하압록(遼河鴨綠), 현 압록의 논쟁이 있으나, 기실은 옳다 하면 다 옳고 그르다 하면 모두 그르다. 조선 고어에 '장(長)'을 '아리'라 하였으니 장백산의 옛 이름인 '아이민상견(阿爾民商堅)'의 '阿爾'가 이를 증명하며, '압(鴨)'도 'ㅇ리'

라 하였으니 '압수(鴨水)' 일명 아리수(阿利水)가 이를 증명하는 것이다. 대개 옛 사람이 모든 장강을 'ㅇ리가람'이라 칭하였다. 한자를 수입하여 이두문을 만들어 쓸 때에 'ㅇ리'의 음을 취하여 아리수·오열강(烏列江)·구려하(句麗河)·욱리하(郁里河) 등으로 썼다. 'ㅇ리'의 'ㅇ'가 '아' '오' '우'세 음의 중간음이므로 아·오·구·욱 등의 각종 취음이 다르니, 뜻으로 써서 압자하(鴨子河) 혹은 압록강(鴨綠江)이라 하였다. 압록은 '소지(炤智)'의 이두와 같이 'ㅇ리'의 'ㅇ'를 鴨의 뜻에서, '리'를 綠의 음에서 취한 것이니, 조선족 분포의 순서를 따라 각 아리가람의 이름 지은 선후를 추상하여 보자.

제1차로 완달산 아래 하얼빈에 조선을 세우고 송화강을 'ㅇ리가람'이라 하였으니, 《이상국집(李相國集)》 동명왕편 주(注)에 인용한, 고기(古記)의 유화(柳花)왕후가 가리킨 '웅심산(熊心山) 아래의 압록수'와 《요사(遼史)》 성종본기의 '압자하를 고치어 혼동강(混同江)이라 하였다' 함이 송화의 옛 이름이 'ㅇ리'임을 증명하고, 제2차로 남하하여 요하를 보고 또한 '아리가람'이라 하였으니, 《삼국사기》 지리지의 '요동성 본명 오열홀(烏列忽)'과 《삼국유사》의 '요하 일명 압록'이 요동하(遼東河)의 옛 이름이 'ㅇ리'임을 증명하며, 제3차로는 동쪽으로 진출하여 현 압록강을 보고 또한 '아리가람'이라 하였으니, 지금까지

변치 않은 압록의 옛 이름이 'ㅇ리'임을 증명하며, 제4차로는 서쪽으로 진출하여 영평부(永平府)의 난하(欒河)를 보고 또한 'ㅇ리가람'이라 하였으니,《영평부지》의 욱렬하(郁烈河)·무열하(武烈河)가 난하의 옛 이름이 'ㅇ리'임을 증명하며, 제5차로 경기도의 한강을 보고 또한 'ㅇ리가람'이라 하였으니, 온조본기의 위례성과 광개강토호태왕 비문의 '아리수를 건너다[渡阿利水]'와 개로왕본기의 '욱리하'가 한강의 옛 이름이 'ㅇ리'임을 증명하며, 제6차로 경상도에 이르러 낙동강을 보고 또한 'ㅇ리가람'이라 하였으니, 신라 지리지의 '아시량(阿尸良)'과《일본서기》의 '아례진(阿禮津)'이 낙동의 옛 이름이 'ㅇ리'임을 증명한다. 열수(列水)·열수(洌水) 등은 중국 사람이 오열수(烏列水)·욱렬수(郁列水) 등을 생략한 것이니, 모든 열수가 곧 모든 압록강이고 모든 압록강이 곧 모든 열수이다. 시대와 경우를 따라 위치를 구별함은 옳거니와, 만일 열수를 하나로 만들며 압록강을 하나로 만들려 함은 어리석은 생각에 불과한 것이다.

《산해경(山海經)》이 비록 후세 사람이 거짓으로, 백익(伯益)이 지었다는 책이지만, 사마천(司馬遷)의《사기》에《산해경》을 언급하였으니, 중국 진(秦)·한(漢) 이전의 책이란 것은 명백하다. 그 가운데 '조선재열양동해북산남열양속연(朝鮮在列陽東海北山南列陽屬燕)'의 글에 의하여 옛 선비들이 '列'은 한수(漢水), '陽'은 물의 북쪽이란 뜻이며, 조선은 현 평양이라 하여 '朝鮮在列陽'을 1구로 읽었으니, 그러면 '列陽屬燕'을 어떻게 해석할까. 列陽의 陽은 평양(平壤)의 壤과 같이 '불'의 뜻인데, 초성을 읽어 '라'로 발음한 것이다. 중국사람이 당시 조선 사람이 쓰는 이두문의 오열양(烏列陽) 혹은 욱렬양(郁列陽)을 생략하여 列陽이라고 쓴 것이니, '朝鮮在列陽東'이 1구, '海北'이 1구, '山南'이 1구, '列陽屬燕'이 1구이다. '列陽'은 곧 영평부의 난하, '朝鮮'은 광녕평양(廣寧平壤) 혹은 해성평양(海城平壤), '海北'은 발해의 북쪽, '山南'은 무려(無閭)의 남쪽을 가리킨 것이다. 이것이 대개 진개(秦開)가 쳐 들어온 이후의 기록이므로 '열양은 연에 딸렸었다[列陽屬燕]'라고 한 것이다.

일본 사람 관야정(關野貞)의 《조선고적도보》해설 점제비(兀蟬碑) 주에, 그 비의 발견에 의하여 종래 논쟁되던 '열수'는 대동강이라 함이 옳다 하였으나, 이는 반드시 《한서》 지리지의 '열수가 서쪽으로 점제에 이르러 바다에 들어간다'를 의거한 것이다. 그러나 이는 ① 열수의 다수임과 ② 《한서》 주에 안사고(顔師古) 등의 거짓 보탬이 있음을 모른 말이다. ②의 논변은 졸저 〈평양패수고〉와 〈전후삼한고〉에 보였다.

나의 벗 아무개가 鴨綠의 '鴨'은 음이 '압'이니 '앞'의 뜻이고, 압록의 옛 이름 마자(馬訾)의 '馬'는 음이 '마'이니 '남쪽'의 뜻이며, 송화강의 옛 이름 속말(粟末)의 '粟'은 음 그대로 '속'의 뜻이라 하니, 압록의 '압'은 오해이나 그 나머지는 거의 이치에 맞다. 송화강은 만주어로 '송ㅇ리'라 하는데 '송ㅇ리'는 '속ㅇ리'의 변화이니, 송ㅇ리는 나라 속의 ㅇ리란 뜻이고, 압록의 일명이 매하(梅河)인데 '매'가 마자의 '마'와 음이 비슷하며 나라 남쪽의 장강이므로 '마ㅇ리'라 한 것이다. 난하·요하·한수 등을 구별한 명사는 찾을 수 없으나, 모두 'ㅇ리'라 할 때에 그 구별이 마땅히 있었을 것이다.

고대에는 땅이름뿐 아니라 사람 이름도 아비와 아들, 할아비와 손자가 같게 짓고, 세대(世代) 혹은 대소(大小) 등의 글자를 그 위에 얹어 구별하였다. 김부식이 신라의 유리왕(儒理王)이 둘임을 이상히 여겨 그 하나는 례(禮)자로 고친다고 명백히 말하였으며, 백제에 개루왕(盖婁王)이 둘임을 의심하여 그 하나를 개로(盖鹵)로 고쳤으나, 이는 다 주공(周公)·공자의 휘법(諱法)이 수입된 뒤의 안목으로 고사를 읽은 까닭이다. 고려 초년까지도 그 유풍이 있었으므로, 안동 권씨의 족보에 의거하면, 권태사(權太師)의 이름이 행(幸)이고 그 아들의 이름이 인행(仁幸)이다. 이 따위 관계를 모르고 고사를 연구하려면 소경의 밤길 걷기이다.

3. 결론

앞서 서술한 것은 곧 졸견으로 찾아낸 고사의 이두문으로 쓴 명사 해석법이다. 이 따위 해석에서 얻은 사학적 연구의 효과를 간략히 서술한다.

(1) 이전 사람이 이미 증명한 것을 더욱 확고하게 함이다. 함창(咸昌)이 고령가야(古寧加耶)임은 이전 사람의 설도 있지만, 이제 야(耶)·라(羅)가 같은 음임을 발견하여 고령가야를 '고링가라'로 읽는 동시에 함창 공갈못의 '공갈'이 '고링가라'의 준말임을 알 것이며, 따라서 고링가라의 위치가 명백하여졌다.

(2) 유래의 의문을 분명하게 해답할 수 있다. 《고려사》 지리지에 익산의 무강왕릉(武康王陵)을 기준(箕準)의 능이라 싣고 '속칭 말통(末通)대왕릉'이라 주석하며, '백제 무왕의 어릴 때 이름을 서동(薯童)이라 하였다'고 다시 주석하여, 두 설을 함께 아울러 살렸다. 그러나 《삼국유사》에 서동이 신라 진평왕의 딸 선화(善花)를 꾀어 장가든 사실을 기록하였으며, 《여지승람》에는 무강왕이 선화부인과 미륵산성을 쌓자 진평왕이 온갖 장인을 보내어 도왔다 하였다. 서(薯)의 뜻은 '마'이니 薯童은 곧 '마동'이고, 末通은 곧 '마동'의 취음이니, 무강왕은 곧

백제본기의 무왕 장(璋)이다. 장의 시호가 무강왕이거늘 불완전한 백제사에 '康'을 빠뜨려, 장의 왕후가 선화이며 미륵산성은 장과 선화의 연애를 노래하던 유지인데, 사가의 참고가 엉성하여 8백 년의 나이 차이가 있는 격세의 임금인 기준의 궁녀로 알아 유영재(柳寧齋 : 득공) 같은 박학자로도 그 익산회고시에 '안타깝고 다급하여라. 바다 위에 해 뜨는데, 뱃머리엔 오히려 선화 궁녀를 태웠구나[可惜蒼黃浮海日 船頭猶載善花嬪]' 하는 우스운 말을 남겼다.

(3) 이전 사람이 위증한 것을 교정할 수 있다. 《역옹패설(櫟翁稗說)》에 '신라 진흥대왕이 벽골제(碧骨堤 : 속칭 김제·만경 외밤이들)를 쌓고 벼를 심었으므로 후세 사람이 그 은덕을 생각하여 벼를 나록(羅祿)이라 하다' 하였으니, '羅祿'의 풀이도 고린 한문장이의 해석이거니와, 완산에 그친 진흥의 족적이 어찌 김제의 벽골제에까지 벼를 심었으리오. 백제지리지에 의거하면, 벽골은 곧 김제의 옛 이름이고 백제의 군이다. 벽골은 베골(벼의 고을)이니 백제가 이 제방을 쌓아 벼농사를 짓고 그 이익이 대단함을 기념하여 '베골'이라는 군이름을 붙임이 명백하다. 백제본기에 벼를 심는 논밭을 기록한 것이 둘인데, 하나는 다루왕 6년에 '비로소 벼농사를 지었다' 함이

이것이고, 둘은 고이왕 9년의 '벼를 심는 논밭을 남택에 개간하였다' 함이 이것이니, 벽골은 곧 남택의 그것이 된다.

(4) 전사(前史)의 엉터리없는 저술을 타파할 수 있다. 《삼국사기》에 석탈해(昔脫解)는 금궤에서 탈출하였으므로 이름을 '탈해'라 하고, 상서로운 까치 울음소리가 났으므로 까치 작(鵲)자 왼쪽의 '昔'을 빌려 성을 석씨라 하며, 《동사회통(東史會通)》에 고주몽(高朱蒙)은 온 나라 사람들이 우러러 높였으므로 성을 고씨라 하며, 《문헌비고(文獻備考)》에 여수기(余守己)가 단군 9부의 우두머리가 되어 뭇사람이 붙좇았으므로 중인변(紙)을 하여 서(徐)씨가 되었다는 등 각종 괴설이 어지럽다. 그러나 삼국 중엽 이전에는 사람·땅·벼슬 등 갖가지 명사를 모두 우리말로 짓고 이두문으로 쓴 것이니, 어디 이와 같은 한자 파자(破字)의 편벽된 습관이 있었으랴. 이 따위 파자가 고려 중엽에 성행하여 해바라기인 황규(黃葵)가 皇揆, 닭 우는 소리인 계명성(鷄鳴聲)이 높고 귀한 자리, 무고지나(無古之那)가 무고지난(無古之難), 몸에 세 서까래를 진 것이 왕(王)자가 된다는 등의 설이 고려사에 보인 것이 허다하다. 이 시대의 이 습관을 잘 아는 문사들이 옛 기록을 거두어 들이다가, 말로 지은 명사를 한자의 뜻으로

풀이하여 고사의 상태를 더럽히고 손상함이 적지 아니하다.

이두문적 명사의 해석이 이와 같이 고사 연구에 유익하다. 그러나 반드시 독단을 피해야 옳으니, 예를 들면 연개소문(淵蓋蘇文)의 '蘇文'은 '신'으로 읽어야 하나 을지문덕(乙支文德)의 '文德'은 '묵'인지 '묻'인지 '무드'인지 알 수 없다. 앞의 것은 《삼국사기》의 본주에 '일명 개금(蓋金)'이 그 해석을 전하거니와 뒤의 것은 그 해석을 잃은 까닭이다.

고자미동(古資彌凍)의 '古資'는 '구지(반도)'로 읽어야 하나 미리미동(彌離彌凍)의 '彌離'는 '밀'인지 '미리'인지 '머리'인지 알 수 없다. 앞의 것은 고성(固城)의 옛 이름인 고자군(古自郡)의 지형과 역사의 연혁이 그것을 설명하여 주거니와 뒤의 것은 그 증거가 없다.

삼국사기 중 동서 양자(東西兩字) 상환 고증

1. '동쪽에 낙랑이 있다[東有樂浪]'의 옳고 그름

낙랑은 평양의 딴 이름이고 평양은 백제의 서북이거늘, 이제 백제본기 온조왕 13년 조를 보면 '나라의 동쪽에 낙랑이 있다[國家東有樂浪]'는 1구가 있다. 그리하여 종래 사가의 논의 주제가 되었다. 안순암은 '낙랑이 비록 백제의 서북이지만 낭랑국(최씨)이 성할 때에 강원도의 반쪽이 거의 낙랑의 속지였으므로, 백제가 강원도 부분의 낙랑을 가리켜 동쪽에 있다[東有] 하였다' 하고, 정다산은 '그 낙랑은 춘천낙랑이지 평양낙랑이 아니다. 대개 춘천 토호의 우두머리인 최씨가 우뚝 출세하여 낙랑국이라 일컫고 번번이 신라와 백제를 침범했으니, 신라·백제 양국의 초엽에 보이는 낭랑은 모두 춘천낙랑이므로 동쪽에 있다고 하였다' 하나, 낙랑의 본부가 평양인데 백제 사람이 낙랑을 거론할 때에 본부를 버리고 그 부분인 강원도의 낙랑을 말할 리가 없으니, 나는 순암 선생의 말을 좇으려 하지 않는다.

춘천이 한(漢)의 낙랑 동부가 되었다는 말은 있으나, 춘천을 낙랑이라고 일컬은 때는 없었다. 또 《삼국사기》에 의거하면, 신라와 백제의 초년에 낙랑국의 침구로 인하여 몹시 괴로움을 겪다가, 고구려 대무신왕 17년에 낙랑을 멸하고 20년에 다시 낙랑을 한에 빼앗기고부터, 낙랑의 침구가 신라·백제 두 나라 역사에 보이지 않았으니, 그 각각의 글에 보인 낙랑들이 곧 하나의 낙랑임이 명백하며, '한이 낙랑을 쟁취하여 살수(薩水) 이남이 딸렸다' 하니, 그 낙랑들이 모두 현 평양임이 명백하다. 그리하여 나는 다산 선생의 말도 좇으려 하지 않는다.

그러면 '동유(東有)' 두 자를 어떻게 해석하려 하는가. 다음 절에 이를 해설하리라.

2. 삼국사기에 바뀐 동서 양자

《삼국사기》에 서(西)자가 동(東)자로 바뀐 것이 많다. 이를테면 온조왕 23년에 마한의 임금이 온조를 꾸짖기를 '왕께서 처음에 물을 건너와서 운신할 곳이 없었는데, 내가 동북 1백 리를 떼어 주어 안정되었다' 하였다. 백제가 마한의 서북이라, 마한이 떼어 준 백 리 땅인, 온

조가 처음 웅거한 미추성·위례성 등도 서북임이 명백하니, '동북 1백 리'는 '서북 1백 리'로 해야 된다. 온조왕 37년에 '한수 동북 마을에 흉년으로 굶주려, 고구려 유민 1천여 호가 패수와 대수(帶水) 사이에 텅 비어 사는 사람이 없다' 하였는데, 패수는 대동강, 대수는 임진강이니 한수의 서북임이 확연하므로, 한수 서북 마을 사람들이 도망하여야 패수·대수 사이에 사는 사람이 없으리니, '한수 동북'은 '한수 서북'으로 써야 함이 옳다. 지리지에 신성(新城)은 나라 동북의 큰 진(鎭)이라 했는데, 신성은 고노자(高奴子)가 선비(鮮卑)를 막고 남건(男建)이 이적(李勣)을 막은 고구려의 서북 요새이므로《신당서》에도 '신성은 적의 서쪽 변두리의 주요한 두메'라 한 것이니, '동북의 큰 진'은 '서북의 큰 진'으로 해야 된다.

이상의 모든 '동'자를 '서'자로 씀에 따라 나는 '동쪽에 낙랑이 있다'도 '서쪽에 낙랑이 있다'고 씀이 옳다고 하겠다.

3. 동서 양자가 바뀐 원인의 가정(假定)

무슨 까닭으로《삼국사기》중에 서(西)자가 동(東)자로 바뀐 것이 이다지 많은가. 만일 당시의 사람들이 해와 달이 뜨고 지는 동·서의 방향마저 몰랐다 하면 삼국 문명이 모두 거짓말이 될 뿐이며, 혹은 당시의 베껴 쓴

이나 후세의 인쇄인이 잘못했다 하면, 다른 글자는 그렇지 않은데 오직 '西'자만 쫓아 다니면서 '東'자로 잘못할 리가 없다. 또는 西자의 모양과 비슷한 '량(兩)' '우(雨)' '이(而)' '아(亞)'자 등으로 잘못 쓰지 않고, 오직 글자 뜻의 반대되는 '東'자로 잘못 쓸 리도 없으며, 또는 반대되는 '남(南)'자나 '북(北)'자도 잘못하지 않고 이제 공교롭게 서너 곳에나 같은 '西'자로만 잘못하였다 함도 말이 되지 않는다. 그리하여 나는 우리말에 동쪽을 '시'라 하고 서쪽을 '한'이라 하므로, 삼국시대의 학자들이 한자를 취하여 이두자를 만들 때에 '西'자의 음 '시'를 취하여 동을 '서'로 쓰고 그 대신에 서를 동으로 써서 동·서 두 자가 바뀌었으며, 사가가 사책을 지을 때에 그 바뀐 東·西 두 자를 썼으므로 고사에 바뀐 東·西 두 자가 있음이라는 가정을 세웠다.

4. 가정(假定)부터 실례(實例)

그러다가 《삼국사기》의 지리지를 읽으니 '가슬라(迦瑟羅) 일명 하서량(河西良)'이라 하였다. 가슬은 '가시'이고 '가시'는 개[浦]의 동쪽이란 뜻인데, 고구려는 훈춘(琿春) 등지를 '가시―(迦瑟)'라 하고 신라 경덕왕 이후에는 현 강릉을 '가시―(迦瑟)'라 한 것이다. 그러면 고려의 '가시'는 고구려 동북의 땅이름이고, 신라의 '가시'는 신라 동북의 땅이름인데, '가시'를 하동량(河東良)이라 하지 않고 하서량(河西良)이라 함은, 동의 뜻을 취하지 않고 서의 음을 취한 것이니, 이것이 이두자의 東자를 西자로 바꾸어 쓴 실례가 아닌가. 이로써 나의 제1 가정을 확증하였다.

고구려에서 제천(祭天) 대회를 한맹(寒盟)이라 일컬었는데, '한맹'의 일명이 '동맹(東盟)'이니 '한맹'은 그 음이 '한몽'이 된다. 한몽은 '대회'의 뜻이니 '한몽'의 '寒'을 음으로 쓰면 '한맹'의 '한'이 되고 뜻으로 쓰면 서쪽이 될 터인데, 이제 서맹(西盟)이라 하지 않고 동맹이라 함은, 이두자의 '西'자를 '東'자로 바꾸어 쓴 실례가 아닌가. 이로써 나의 제2 가정을 확증하였다.

5. 두 가지 사책이 같지 아니하다

그러면 고사에 동(東)·서(西) 두 자가 모두 바뀌지 않고, 바뀐 동·서 두 자가 있는 것 이외에 바뀌지 않은 동·서 두 자도 있음은 무슨 까닭인가.

대개 삼국시대에 이두자로 쓴 사책과 한자로 쓴 사책이 있었다. 가령 백제사에 왕근왕(王斤王 : 본기에 三斤王이라 함은 잘못) 일명 임걸왕(壬乞王)이라 하였으니, 하나는 한자 사책에서, 다른 하나는 이두자 사책에서 전한 이름이다. 《삼국유사》에 노례(弩禮: 누리·世)왕의 일명이 유례왕(儒禮王)이라 하였으니, 하나는 한자 사책에서 전한 이름이면 다른 하나는 또 이두자 사책에서 전한 이름이며, 기타 모든 벼슬 이름, 땅 이름 등에 두 이름이 있는 것은 다 두 가지 사책에 쓰인 이름을 아울러 전한 것이다. 개소문전(蓋蘇文傳)에 '그의 아버지는 동부대인'이라 하고 주에 '혹은 서부대인이라 한다'고 하였으니, 본문과 주를 인용한 것이 이처럼 서로 반대됨은, 둘 중의 하나가 한문 사책에서 나오고 다른 하나는 이두자 사책에서 나온 것으로, 동부·서부를 분별 못함이 더욱 상고사에 동·서 두 자가 바뀐 것이 있는 실증이다.

6. 김부식(金富軾)의 호도(糊塗)

김부식의 《삼국사기》는 이미 한문 저작인데, 이두자가 쓰인 옛 문사(文詞)나 방위 같은 것을 모두 개정하지 아니함은 무슨 까닭인가. 김씨는 허무맹랑한 사가라, 발기(發岐)와 발기(拔奇)는 한 사람의 이름을 둘로 번역한 것인데, 김씨가 하나는 고구려사에, 다른 하나는 중국사에 의거하여 쓰면서 잘못 분별하여 두 사람으로 만들었으며, 살수는 삼국시대에 가장 유명한 전쟁터이거늘 김씨가 모르는 땅이름에 넣으며, 이 밖에도 이러한 호도함이 한두 가지뿐이 아니다. 김씨는 이두문에 무식하였으므로 모든 알기 쉬운 우리말의 벼슬 이름도 '오랑

캐의 말은 그 뜻을 모르겠다'고 스스로 주석하였으며, 게다가 이두문 배척에 격렬하여 신라 시대에 남긴 시와 노래, 《삼국유사》에 적힌 시가를 《삼국사기》에는 한 짝도 쓰지 아니하였다. 만일 김씨가 앞에 서술한 사람 이름·땅이름·동서 등이 이두문인 줄 알았더라면, 모두 배척하고 거두어들이지 않았을 것이니 어찌 개정 여부가 있으랴.

그러면 《삼국사기》에 바뀐 東·西 등 글자의 존재는 누가 거둬들였느냐. 고려 초의 문사나 승려들이 갖가지 옛 기록을 한문으로 지을 때에 모든 이두자 사책을 번역해 내면서 무심중에 우연히 빠져 몇 개의 바뀐 東·西 두 자가 남아 있는 듯하다.

삼국지 동이열전(東夷列傳) 교정

1. 교정의 이유

〈조선사 연구〉의 제목을 가지고 무슨 까닭으로 중국 위진(魏晋) 시대 사관들이 지은 《삼국지》 동이열전 같은 것을 취하는가. 조선 고문헌이 너무 없어져서 상고의 조선을 연구하자면 마치 바빌론 고사를 연구하는 이가 헤로도투스의 희랍사를 참고하지 않을 수 없음과 같이, 중국 고사에 힘입을 것이 적지 아니하다. 다만 사마천의 《사기》와 반고(班固)의 《한서》에 쓰인 조선 열전은 중국 망명자로 조선의 한 귀퉁이를 훔쳐 점거한 위씨 일가가 한과 대항하던 간략한 기록이니, 조선열전이라기보다 도리어 중국 떠돌이 도둑떼들의 침략사라 함이 옳다. 《남북사》《수서》《당서》 등의 동이열전은 비교적 상세히 갖추었으나 또한 각각 당시 중국과 관계된 일만

적었으니, 이는 한족의 외국 전쟁사라 해야 할 것이다. 위·진 시대의 사관들은 그렇지 아니하여 단군왕검의 건국이 왕침(王沈)의 《위서(魏書)》에, 조선왕 부(否)·준(準) 등의 약사가 어환(魚豢)의 《위략》에, 고대 열국의 나라 이름, 벼슬 제도, 풍속 등이 진수의 《삼국지》에 보이어, 중국과 관계되지 않는 옛일까지도 간혹 기재하였다. 이는 고구려 동천왕 때 위(魏)의 장수 관구검(毌丘儉)이 고구려 서울 환도(丸都)에 입구하여 주워 간 서적과 전설이 있어, 그것을 의거하여 기록한 것이 있는 듯하니, 당시에는 비록 국가적인 수치이나 후세의 역사적 재료로는 이보다 더 진귀한 것이 없겠다.

위·진 사관의 기록 가운데서 무슨 까닭으로 《삼국지》만 취하는가. 앞에 서술한 모든 사관의 기록에 왕침의 《위서》는 '지난 2천년 전에 단군왕검이 있어 아사달에 나라를 세웠다…[往在二千載前有檀君王儉立國阿斯達…]'라는 수십 자가 고려 승려 일연(一然)의 《삼국유사》에, 어환의 《위략》에는 배송지(裴松之)의 《삼국지》주에 인용한 4,5조가 전할 뿐이니, 그 두 책이 모두 없어졌으므로 어쩔 수 없이 《삼국지》만을 취하게 되었다. 선대의 유학자는 번번이 《삼국지》 동이열전을 버리고 《후한서》의 것을 취하였으나, 이는 다만 후한이 삼국의 전대인 줄만 알고 《후한서》 저자 범엽(范曄)이 《삼국지》 저자 진수보다 1백여 년 이후의 사람임을 생각하지 않았을 뿐더러, 두 동이열전을 대조하면《후한서》의 것이 명백히《삼국지》의 초록이건만 이를 깨닫지 못함이다. 그러므로《후한서》를 버리고《삼국지》를 취한 것이다.

무슨 까닭으로 이를 취하는 동시에 교정을 가하는가. 1천 년 이전에는 인쇄판이 없어 일반 서적이 모두 베껴 쓴 것으로 전하니 거꾸로 된 것, 잘못된 것, 빠진 것, 거듭된 자구가 허다하다. 중국의 경서와 사기가 모두 고증의 손을 거친 뒤에야 읽을 수 있게 되었는데, 조선열전·동이열전 같은 것은 그들이 고증에 힘쓰지 않았으며, 설혹 힘쓴다 하더라도 자기의 눈에 서투른 사람 이름, 풍속·사정 등을 잘 모르므로 그 교정한 것이 더 착오됨이 있으니 교정하지 않을 수 없음이 하나이고, 그들이 그 유전적 자존성으로 다른 나라를 업신여겨 동이(東夷)라 일컬은 것도 통분할 만하나 이는 실지로 관계가 없거니와, 다만 고의로 꾸며 기록한 것도 있고 혹은 전해 들음으로 잘못 기록한 것도 있어 교정하지 않을 수 없음이 둘이다. 그러므로 저자가 〈삼국지 동이열전의 교정〉을 쓰게 된 것이다.

2. 자구의 교정

이제 거꾸로 된 것, 잘못된 것, 빠진 것, 거듭된 자구를 교정하리라.

(1) 서문에 '궁추극원 유오환골도(窮追極遠 蹈烏丸骨都)'라 하였으니, 烏丸骨都는 곧 烏骨丸都 의 잘못이다. 오골과 환도는 다 성의 이름인데, 오골성은 현 연산관(連山關) 일명 오골관이고, 환도성은 현 집안현 동선령(洞仙嶺)이다. 오골과 환도의 위치·연혁은 조선사를 읽은 이가 잘 아는 바이므로 이제 번거로이 기록하지 않거니와, 관구검의 환도성 침입은 이 열전에 상세히 적었으되, 오골은 곧 관구검이 유주(幽州)로부터 환도성에 침입한 경로이니, '蹈烏丸骨都'가 곧 '蹈烏骨丸都'의 잘못임이 명백하지 않은가. 대개 위의 글에 오환전(烏丸傳)이 있음으로 인하여 베껴 쓴 이가 烏骨의 '骨'과 丸都의 '丸'을 바꾸어 '烏丸骨都'라 쓴 것이다.

(2) 예전(濊傳)에 '유염치불청 구려언어법속 대저여구려동(有廉恥不請 句麗言語法俗 大抵與句麗同)'이라 하였는데, 위에 적은 글월은 문리가 닿지 않으므로 중국 학자들까지도 이를 의심하여 모두 그것에 오자가 있음을 인정하였다. 그래서 건륭의 흠정《삼국지》위지(魏志) 권 30 고중에는 '有廉恥不請'의 '請'을 '암(暗)'의 잘못이라 하고, 이를 아래 글귀에 붙여 읽어서 '不暗句麗言語'라 하였

다. 그러나 위의 문장에 '예여구려동종(濊與句麗同種)'이라 하였는데, 이 열전에 이른바 '同種'은 번번이 같은 말을 쓰는 백성을 가리킴이니, 請을 '譜'으로 고쳐서 '不譜句麗言語'라고 읽는 것이 아래위의 글뜻을 모순되게 함일 뿐이다. 예(濊)는 곧 '동부여'의 잘못이니 동부여가 고구려의 언어를 몰랐다 하면, 갑의 사촌 아우 을이 갑의 말을 모른다 함과 같으니, 흠정《삼국지》의 이러이러하다고 함이 다만 추측한 판단일 따름이다. 《후한서》예전의 '자기들이 고구려와 같은 인종이라 하였는데, 언어·풍속이 대개 서로 같고 그 성품이 신중·성실하여 욕심이 적어 빌림을 원하지 않았다[自謂與句麗同種 言語法俗 大抵相同 其人性愿慤少嗜欲 不請匄]'에 의거하여 보면 '不請句麗言語'의 '請'은 오자가 아니고 '句'가 '개(匄)'의 잘못이며, '麗'는 아래 문구의 句麗의 '麗'로 말미암아 잘못 보탠 글자이다. 이를 바로잡으면 '有廉恥不請匄言語法俗與句麗同'이니 '有廉恥不請匄'가 한 구이고 '言語法俗 與句麗同'이 1구이다.

(3) 한전(韓傳)의 '신지 혹가우호 신운견지(臣智或加優呼臣雲遣支)'이니, 삼한이나 부여가 다 각부 대신을 '크치'라 일컬었는데, 크치를 음으로 써서 '遣支' '遣智' 혹은 '근지(近支)', 뜻으로 써서 '대형(大兄)' 혹은 '대등(大等)'이라 하고, 각 대신의 우두머리인 총리대신을 '신크치'라 칭하

였다. '신크치'를 음으로 써서 '신견지(臣遣支)' 혹은 '신근지(臣近智)', 뜻으로 써서 '태대형(太大兄)' 혹은 '상대등(上大等)'이 된다 함은 이미 졸저 〈이두문 명사 해석〉에 설명하였다. 위에서 적은 '臣雲遣支'의 雲은 아래쪽 문장의 '신운신국(新雲新國)'의 雲으로 말미암아 잘못 보태어진 글자인데, 이를 바로잡으면 '臣智 或 加優呼 臣遣支'라 해야 하니, '신크치'의 준말이 '신치'로서 당시의 습관어가 되고 '신크치'라고 갖추어 일컬음이 드물어, '臣遣支 或略呼 臣智'라 쓰지 않고 도리어 '臣智 或加優呼 臣遣支'라고 쓴 것이다.

(4) 변진전(弁辰傳)의 '차읍(借邑)'이니, 한전에는 邑借, 변진전에는 借邑이란 벼슬 이름이 있는데, 둘 중에 하나는 반드시 거꾸로 썼으니 어느 것을 거꾸로 썼을까. 돈씨(頓氏)의 족보에 의거하면 돈씨는 을지문덕의 자손인데, 을지는 벼슬 이름이고 성이 아니라 하며, 일본 사람 백조고길(白鳥庫吉)은 퉁구스족의 말로 사자(使者)를 '일치'라 함에 의거하여 《진서》 숙신전의 '을력지(乙力支)'를 '일치'로 해석하였다. 읍차는 그 음이 '일치'와 비슷하니 또한 '사자'의 뜻이 되며, 고구려 벼슬 이름의 울절(鬱折)도 역시 '일치'인 듯하니, 변진전의 借邑은 곧 '邑借'의 거꾸로 기재함일 것이다.

(5) 변진전의 '미오야마(彌烏邪馬)'이니 야(邪·耶)·아(牙)

등의 글자가 모두 '라'의 음이 됨은 이미 〈고사상 이두문 명사 해석〉에 설명하였거니와, 《해동역사(海東繹史)》 지리에 의거하면 현 고령(高靈)이 곧 변진의 미마나(彌摩那)이니, 이 전(傳)의 '邪馬'는 '馬邪'를 거꾸로 쓴 것이다.

(6) 한전의 '사로(駟盧)' '막로(莫盧)'와 변진전의 '마연(馬延)'이니, 위의 삼국은 거듭 쓴 것이므로 《해동역사》에서 지워 버림은 옳은 일이다.

3. 기사의 교정

앞 절의 서술은 이 열전을 베껴 쓴 시대에 쓴 사람들이 잘못한 자구를 교정한 것이고, 이제 본절에는 당초 그 본문의 잘못된 기사를 교정하려 한다. 위·진의 사관이 관구검이 가져 간 고구려의 서적이 있어 참고했다 하여도 틀린 것이 많음은, 마치 원·명·청의 사관들이 《원사(元史)》나 《명사》 《일통지(一統志)》 가운데에 고려의 사책이나 조선조 《여지승람》의 본문을 실으면서, 번번이 함부로 고침과 거짓 고증이 있는 유라 하겠다. 이제 이를 간략히 거론한다.

(1) 진한을 진(秦) 사람의 자손이라 함이다. 사마천의 《사기》에 흉노를 하우씨(夏禹氏)의 자손이라 하고, 《한시외전(韓詩外傳)》에 고죽(孤竹)을 탕(湯)이 봉한 나라라 하며, 어환의 《위략》에 '대진(大秦)— 로마 사람을 중국 사

람의 자손이라 하여, 그 나라 사가들이 번번이 그 자존의 편견으로 허다한 우스운 이야기를 남겼다. 이 열전에도 그 못된 버릇이 있어 진한(辰韓)의 일명은 진한(秦韓)이라 하고, 秦韓의 秦에 엉터리로 끌어다 맞추어 진한은 진의 사람이 동쪽으로 달아난 것이라 하였다. 이를 위증하기 위하여 진·마한이 한가지로 로(盧)·나(那)·불사(不斯) 등의 땅이름과 같은 '신지' '읍차' 등의 벼슬 이름이 있음에도 불구하고 '진한… 언어가 마한과 같지 아니하다'고 억측으로 판단을 내렸다. 불분명하고 무식하게 '나라를 〈방〉 도적을 〈구〉, 잔에 술을 부어 돌리는 것을 〈행상〉, 서로 부르기를 〈도〉라 한다[國爲邦 賊爲寇 行酒爲行觴 相呼爲徒]'는 등의 터무니없는 구절을 덧붙여서, '언어… 진의 사람과 비슷함이 있다'고 불충분한 증거를 발표하여, 조선의 민족 계통을 어지럽히려 하였다.

(2) 동부여를 예(濊)로 오인함이다. 중국 사람이 조선일을 적을 때에 너무 무책임하게 적어서, 공자의 《춘추》에 조선을 산융(山戎)과 섞고, 사마천의 《사기》에 진번조선과 연(燕)의 전쟁을 흉노전에다 동호(東胡)·산융·예맥(濊貊) 등의 사실에 넣었으니, 만일 《관자(管子)》나 《위략》이 아니면 그 오류를 발견할 수 없게 되었거니와, 이 《삼국지》에도 또한 동부여를 예로 오인한 잘못

이 있다. 예맥은 곧 '려신'이니, '려신'을 혹 '려' 한 자를 풀이하여 리지(離枝)·령지(令支), 예(濊·穢·薉) 등, 혹은 '려신' 두 자를 아울러 풀이하여 여진(女眞)·야인 등, 혹은 '려신'의 '아리'강으로 이름하여 읍루(挹婁)·압로(鴨盧) 등, 혹은 '려신'의 별부(別部)인 '물가'를 전체로 총칭하여 물길(勿吉)·말갈 등이 된 것이라 하겠다. 종래 학자들이 조선의 삼국 초기인 중국 한의 말엽에 읍루라는 이름만 있는 줄 알았으나,《삼국사기》고구려 태조기에 '왕장마한예맥일만기(王將馬韓濊貊一萬騎)'라 하여 읍루를 예맥으로 자주 썼다. 조선의 삼국 말엽인 중국 당의 초기에 말갈이란 이름만 있는 줄로 알았으나 김유신전에 '당 고종이 말하기를, 고구려와 예맥이 한가지로 나쁘다' 하여 말갈을 예맥이라고 자주 칭하였다. '려신'의 명칭과 연혁이 대개 이러한 것인데도《삼국지》에 읍루가 예의 딴 이름임을 모르고 읍루전을 만든 이외에 따로 예전을 지은 것이 한 번 잘못이고, 동·북 두 부여 가운데에 북부여는 그저 '부여'라 일컬은 동시에 동부여를 '예'로 앎이 두 번 잘못이다. 그러나 읍루전에 '읍루는 부여 동북 천여리에 있는데… 언어가 부여·고구려와 다르며… 동이족은 모두 음식을 먹을 때 제사용 나무 그릇인 조두(俎豆)를 쓰나, 오직 읍루만은 아니하여 풍속에 가장 기강이 없다' 하였으니, '부여 동북 천여리'가 송화·흑룡강 등

연안의 '려신'국이 아닌가. '언어가 부여·고구려와 다르다'함이 《후한서》 읍루전과 《북사》 물길전에 '동이족 가운데 언어가 유독 다름이 있다'고 한 '려신'족이 아닌가. '읍루만 아니하여 풍속에 가장 기강이 없다'가 조선 열국 중에 가장 미개한 '려신'이 아닌가. 그 위치·언어·풍속의 설명이 곧 '려신'임이 분명하다. 예전에는 '예 남여진한접 북여고구려옥저접…언어법속 대저여구려동(濊南與辰韓接 北與高句麗沃沮接…言語法俗 大抵與句麗同)'이라 하였으니, 남쪽으로 진한과 접하고 북으로 고구려·옥저와 접한 것이 동부여가 아닌가. 언어는 당시 조선 열국이 '려신' 부락 이외에는 모두 같은 언어였지만, 풍속은 부여·고구려 두 나라와 서로 같은 것이 동부여가 아닌가. 이는 그 위치·언어·풍속으로 말미암아 동부여를 예로 오인함이 명백하거늘, 후세 학자들이 《삼국지》의 잘못을 발견치 못하여 조선사 또는 동양사에서 종족의 한계를 한결같이 긋지 못해서 허다한 분규를 빚어 내었다. 당(唐) 가탐(賈耽)의 '신라의 북쪽 경계인 명주(溟州)는 옛 예의 땅인데, 전사(前史)에 부여를 예의 땅이라 한 것은 대개 잘못이다' 한 것은, 다만 북부여가 예가 아님을 발견했을 뿐이고 동부여가 예가 아님은 여전히 발견하지 못함이다. 어떤 이는 말하기를, '려신이 수초를 따라 옮겨 온 야만적인 족속이었으므로, 삼국 역사에 신라·백제·고구려 세 나라의 중간에 섞여 산 말갈려신도 있고, 고려 역사에 두만·압록강 등지에 쳐들어와서 차지한 여진려신도 있으니, 《삼국지》의 〈예〉도 이와 같이 한때 동부여 구역 안에 침입한 려신임에 틀림없다' 하나, 설혹 그렇다 하더라도 주되는 동부여전은 마련하지 않고 객체인 예전을 이룬 것은 《삼국지》의 잘못이다.

(3) 낙랑을 뺐었다. 낙랑은 조선사에서 가장 오랫동안 떠들썩한 큰 문제라 그 상론은 다른 날로 넘기거니와 이제 간략히 설명하건대, 낙랑은 평양이고 평양은 '펴라'의 번역인데, 한(漢) 무제가 위만을 멸하고 낙랑을 주·군의 하나로 정하니, 그 위치가 현 해성(海城) 등지이며, 최씨란 사람이 대동강 연안에서 우뚝 출세하여 낙랑국이라 일컫다가, 마지막 임금 최리(崔理)가 고구려에 망하였으니, 이는 곧 대무신왕 20년이다. 그 뒤 낙랑 속국이 고구려에 복종하지 않고 한의 군사를 맞아들여 고구려에 반항하였으니, 이는 대무신왕 말년이었다. 신라·백제 두 나라가 처음에 낙랑의 침구로 말미암아 안정된 날이 없었는데, 대무신왕 이후부터 그들이 침범한 발걸음이 끊긴 것은 최씨 왕국이 멸망한 까닭이다.

한의 광무제 이후 낙랑이 비록 한에 항복하였으나, 그 백성의 자치와 각 소국의 주권은 여전히 조선 사람이 주도하였으니, 이른바 낙랑 태수는 요동에 우거한 사람이다. 태조왕 때에는 요동의 낙랑까지 고구려의 소유가 되었으므로, 당 가탐의 《사이술(四夷述)》 자서(自序)에 '요동의 낙랑은 한의 건안 때에 함락되었다' 하였고, 동천왕 때에 이르러 대동강의 낙랑은 고구려에 그대로 딸렸었는데, 동천왕이 환도를 관구검의 유린 때 버리고 종묘·사직과 백성을 평양에 옮겼다. 요동의 낙랑은 위(魏)에 잃었으므로 관구검이 군사를 돌려 갈 때에 낙랑을 따랐고, 미천왕 때에는 요동의 낙랑이나 대동강의 낙랑이 다 고구려에 들어왔으므로, 연(燕)의 모용외(慕容廆)가 영평부의 유성(柳城)에 낙랑을 옮겨 설치한 것이다. 광개토왕·장수왕 이후에는 유성의 낙랑이 고구려의 침노로 핍박을 당하다가, 백제 군사가 바다를 건너 쳐들어와 차지하였으며, 위(魏)의 임금 탁발씨(拓跋氏)가 현 대동부의 상곡(上谷) 안에 낙랑을 옮겨 설치하였다. 이상은 사책에 증명된 것이다.

　요동의 낙랑은 비록 한족에게 정복된 적이 있으나 늘 조선에 딸린 것이었는데, 《삼국지》에서 《한서》 지리지에 남긴 법규를 이어 낙랑을 조선열전 가운데 빼었으므로, 그 지리의 빠뜨림은 고사하고 첫째, 고구려와 낙랑의 언어·풍속 등의 같고 다른 관계를 말하지 않았다. 둘째, 낙랑과 삼한의 언어·풍속 등의 같고 다른 관계를 말하지 않았으며 셋째, 고구려·부여 등 북방의 여러 나라와 삼한 등 남방 여러 나라와의 연락이 끊어져《삼국지》동이열전의 특별한 결점이 되었다. 넷째, 발기(發岐) ― 신대왕의 둘째아들의 차서를 잘못 알아 맏아들이라 하며, 공손강(公孫康)에게 군사를 빌려 준 사실에도 다소 착오가 있다. 고구려왕을 고구려후(高句麗侯)라 하고, 고구려사에 보이지 않는 고구려후의 '추(騶)'라는 이름이 있으며, 왕망(王莽)이 고구려후 추를 목 베었다 하며… 기타 여러 착오가 있으나, 이는 사학상의 그리 큰 문제가 될 것이 아니라 췌론하지 아니한다.

4. 결론

역사를 연구하려면 역사적인 자료를 찾아 모음도 필요하거니와, 그 자료에 대한 선택이 더욱 필요한 것이다. 옛날 물건이 산처럼 쌓여 있어도 옛날 물건에 대한 학식이 없으면 일본의 관영통보(寬永通寶)가 기자(箕子)의 유물도 되며, 10만 책의 장서 다락 속에서 앉고 눕고 하더라도 서적의 진위와 그 내용의 가치를 판정할 안목이 없으면, 후세 사람이 위조한《천부경(天符經)》등도 단군왕검의 거룩한 말이 되는 것이다. 종래 조선사가들의 이른바 사학은 번번이 박학을 유일한 조건으로 삼았는데, 그 소위 박학은 오직 서적뿐이고 그 소위 서적은 중국 서적뿐이었다.

김부식은 조선 고사가 없어진 까닭에 범 없는 골짜기의 여우와 살쾡이처럼 조선 사가의 시조가 되었다. 그가 《삼국사기》를 지을 때에 송(宋) 사람의 《책부원귀(冊府元龜)》 1천권을 사들여서 자기의 참고로 제공하고는, 내각에 깊이 감추어 다른 사람의 열람을 불허해서, 자기가 유일한 박학자라는 명예를 가지는 동시에 《삼국사기》가 자기의 명예처럼 국내 유일의 역사가 됨을 희망하였다. 그의 나쁜 수단이 참으로 몹시 악할 뿐더러, 그 사학적 두뇌가 특별히 결핍하여 근세의 발달된 역사에 비하여 손색이 있을 뿐만 아니라, 동양 고대의 인물 중심주의 역사에 저울로 달아보더라도 《삼국사기》는 몇푼 어치 못 되는 역사이다. 《삼국유사》《점필재집(佔畢齋集)》 등에 여기저기 보이는 천년 사상계의 지배자인 영랑(永郎)·술랑(述郎)·부례랑(夫禮郎) 등 위인을 쓰지 않고, 문무왕서(《삼국사기》 문무기)·《당서》《일본서기》 등에 흘러 전하는 백제 말기의 유일한 영웅 부여복신(扶餘福信)의 열전을 짓지 않았다. 무공(武功)이 가장 많은 동성왕 시대를 미약했다고 잘못 증명하였으며, 특별한 공을 세운 양만춘(楊萬春)을 빠뜨렸다. 민족 계통을 말함에 왕검씨의 정통인 부여를 깎아 버렸으며, 지리를 기록하면서 고구려의 뒤를 이은 발해를 배척하였다. 그러므로 《삼국사기》는 문화사로나 정치사로나 가치가 매우 적다.

 그가 중국 서적에서 얻은 박학도 너무 창피하다.《사기》조선열전의 '취연제망명자 왕지 도왕검(聚燕齊亡命者 王之 都王儉)'을 인용할 때에는 '王之'를 아래 문구에 붙여 '王之都王儉'이라 하여 그 구의 끊음을 옳게 떼지 못하였다.《송서》고구려전의 '연불욕사홍남래(璉不欲使弘南來)'를 옮겨 적을 때에 '璉'을 '왕(王)'으로 고치면서 '來'는 그대로 두어 장수왕이 평양에 앉지 않고 절강(浙江)에 앉아 하는 말이 되었으며,《수서》의 '고려오만불공 제장토지(高麗傲慢不恭 帝將討之)'를 '我傲慢不恭 帝將討之'로 고쳐써서 우스워 허리 부러질 '我'란 주인을 찾았다.《책부원귀》의 '성모명진(姓募名秦)'을 베껴서 신라 박·석·김 3성 이외에 엉터리없는 의문의 모씨 제왕을 인사하게 되었다. 이 밖에도 이와 같은 소경 밤길 걷는 식의 기사가 많으니, 선택 입은 박학은 박학 아닌 선택만도 못하다.

 최근의 구암(久庵 : 한백겸)·순암(안정복) 등 여러 선대 유학자들은 탄복할 만큼 정밀·상세함으로써 김씨의 착오를 발견한 것이 적지 않으나, 다만 중국 서적에 대한 신뢰가 너무 지나쳤다. 지리를 논하려면 진위가 뒤섞인《수경(水經)》을 그대로 인용하고, 연대를 표하려면《죽서기년(竹書紀年)》을 교정한 속석(束晳) 이후의 위작인 그 책을 그대로 받들어 믿으며, 그 이른바 경사(經史)는 글자마다 금옥같이 보아, 그 위중과 오증을 발견하려는 생각이 없었다.

  지은이가 기회를 얻으면 중국 서적 가운데 일체의 조선에 관한 기록의 옳고 그름, 잘못과 바름을 찾아보려 하거니와, 근래에 역사를 저술하는 학자들이 번번이 갖가지 진본(眞本)·위서, 잘못 전해진 말, 올바른 말을 모두 조선사의 자료로 삼고, 서양글의 형식으로 편과 장을 갈라 신사학자가 지은 조선사라 함은 좀 부끄러운 일인가 한다.

평양패수고(平壤浿水考)

서언

 평양은 《신지비사(神誌秘詞)》(《고려사》 김위제전에 보임) 가운데 옛 삼경(三京)의 하나인 백아강(百牙岡)이며, 조선 문명이 발생한 7대 강의 하나인 패수 가의 서울이다. 그러나 시대를 따라 땅이름이 바뀌었으므로, 만일 현 패수— 대동강을 옛 패수로 알고, 현 평양— 평안남도 수부를 옛 평양으로 알면, 평양의 역사를 그릇 앎일 뿐 아니라 곧 조선의 역사를 그릇 앎이니, 그러므로 조선사를 말하려면 평양부터 알아야 할 것이다.

 환도(丸都)가 어디냐. 졸본(卒本)이 어디냐. 안시성(安市城)이 어디냐. 가슬나(迦瑟那)가 어디냐. 아사달이 어디냐. 백제의 육방(六方)이 어디냐. 발해의 오경(五京)이 어디냐. 이 모든 지리가 조선사의 누백년이래 미결 송안

(訟案)이다. 그러나 가장 중요하고도 유명한 송안은 평양의 위치가 어디냐의 문제다. 평양 위치의 문제만 결정되면 다른 지리의 해득은 쉬운 까닭이다.

평양의 위치가 시대를 따라 다르니, ⑴ 삼조선 시대의 평양, ⑵ 삼국·동북국 양 시대의 평양, ⑶ 고려 이후의 평양이다. 고려 이후의 평양은 현 평양이니, 이는 오직 그 수백년 이래로 도읍이냐 아니냐의 계통적 논쟁이 대강 변론할 거리가 되는 것 이외에 그 위치에 대해서는 문제가 없다. 그러나 삼조선의 평양— 옛 평양은 비상한 노력을 들이지 않으면 도저히 그 위치를 알 수 없으므로, 가장 어려운 문제고, 삼국·동북국의 평양은 간혹 옛 평양을 가리켜 평양이라 한 기록도 있고, 혹은 현 평양을 가리켜 평양이라 한 기록도 있는 평양이므로, 그 다음으로 어려운 문제다.

본편에서는 곧 고조선의 평양— 옛 평양의 위치를 변증하려 한다. 근세 우리 조선의 선대 유학자들이나 최근 일본의 학자들이 경기·황해·평안 3도와 요동반도의 명산·대천을 골마다 더듬어 옛 평양의 위치를 찾기에 비상히 힘썼지만 그 애쓴 보수가 없고, 평양이 어디라는 답안이 바로 나오지 않았으니, 이는 그 찾는 방법이 착오인 까닭이다.

저자가 재주와 힘의 천박함을 불구하고 그 착오를 정

정하여, 누백 년 이래로 잃어버린 평양을 제자리로 돌리려고 본편을 쓴다. 대개 그들의 착오가 어디에서 비롯되는가.

제1의 착오

제1의 착오는 평양·패수의 음과 뜻을 해독하지 못함이다.

사책에 보면 평양(平壤 : 平穰)·평나(平那)·변나(卞那)·백아(百牙)·낙랑·낙량(樂良)·패수(浿水)·패강(浿江)·패하(浿河) 등은 다만 '펴라'를 갖가지 가음(假音)으로 쓴 것이다. 평양·평나·변나·백아는 다 그 음의 초성을 읽어 '펴라'가 되고, 樂浪·樂良은 '樂'의 뜻 '풍류'의 초성을 읽으며, '浪' '良'은 음 '랑'의 초성·중성을 읽어 '펴라'가 된다. 浿水·浿江·浿河는 浿의 음 '패'의 초성을 읽으며, 水·江·河의 뜻 '라'의 온 소리를 읽어서 '펴라'가 된 것이다. 이상 언급한 것은 이미 졸저 〈이두문 해석〉에 설명하였으므로 여기에 더 상술하지 않는다. '펴라'는 본래 강이름으로 그 강가에 건설한 도성도 '펴라'라 이름한 것이니, 졸본하(卒本河) 가에 졸본국이 있고 사비강(泗沘江)가에 사비국이 있는 유이다. 平壤·平穰·平那·卞那·百牙·樂浪·浿水 등이 비록 그 문자는 각각 다르나 그 '펴라'의 가음이 됨은 같다. 비록 그 '펴라'의 가음됨은 동일하나, 다만 浿水·浿河 등은 강의 '펴라'를 가리키는 문자인데, 평양·평나·변나·백아·낙랑 등은 성(城)의 '펴라'를 가리키는 문자가 됨이 다르다. 성의 '펴라'와 강의 '펴라'가 비록 하나는 물이고 하나는 육지이니 구별은 각각 다르나, 양 '펴라'의 거리가 마치 눈과 눈썹같이 밀접한 것인데, 후세의 이두문을 모르는 학자들이 이를 한자의 음으로 바로 읽어서 平壤은 '평양', 平那는 '평나', 百牙는 '백아', 樂浪은 '악랑' 혹은 '낙랑', 浿水는 '패수'가 되어, 수륙 양 '펴라'의 밀접한 관계가 알 수 없게 되었다. 이에 다만 조선의 옛 기록이나 중국의 《사기》《한서》 등의 '왕검성 평양이 패수 동쪽에 있다'는 추상적 문자에 의하여 패수와 평양의 위치를 찾았는데, 혹은 요하(遼河)를 패수로 잡아 봉황성을 평양이라 하고, 혹은 압록강을 패수로 잡아 현 평양을 평양이라 하며, 혹은 대동강을 패수로 잡아 한양을 평양이라 하였다. 또는 간혹 평양이라는 배필이 없는 예성강·벽란도(碧瀾渡) 등의 홀아비 패수도 생기며, 혹은 패수라는 동무가 없는 춘천·성천(成川) 따위 외아들의 평양도 생겼다. 《삼국사기》《삼국유사》《여지승람》《열하일기》《동사강목》《해동역사》《아방강역고(我邦疆域考)》등의 이에 대한 논쟁이 어지럽지만, 기실은 모두 소경이 활을 쏘는 것과 같아 과녁을 맞추지 못하였다. 그러므로 평양과 패수를 찾으려면, 첫째 그 음과 뜻을 해독하여, 패수를 떠나서 평양이 없고 평양을 떠나서 패수가 없음을 알아야 할 것이다.

제2의 착오

제2의 착오는 평양과 패수의 옛 전거에 관한 사책의 본문을 잘 해석하지 못함이다.

이를테면 《위략》에 '조선…뒷날, 자손이 차츰 교만·포학해졌으므로 연(燕)이 이에 장군 진개(秦開)를 파견하여, 그 서쪽 지방을 쳐서 땅 2천여 리를 취하고 만번한(滿潘汗)을 경계로 삼으니, 조선이 드디어 쇠약해졌으며…한(漢) 때에 노관(盧綰)을 연의 임금으로 세워 조선과 연은 격수(溴水)를 경계로 하였다《해동역사》에 溴을 '浿'로 고침)' 하고, 《사기》 조선열전에 '처음 연의 전성 시대에 진번조선을 공략하여 붙이고 관리를 두어 요새를 쌓았는데, 진(秦)이 연을 멸하고 요동의 변방을 부속시켰다. 한(漢)이 건국하니 먼 곳을 지키기 어렵게 되어, 다시 요동의 옛 성을 쌓아 패수를 경계로 삼았다.…위만(衛滿)이 북상투와 오랑캐옷 차림으로 동쪽으로 달아나서 요새를 탈출하여 패수를 건너… 왕검에 도읍하였다' 했으며, 《사기》 흉노전에는 '연에 훌륭한 장수 진개가 있었는데 호(胡)의 인질이 되었다. 호의 사람이 그를 매우 믿고 돌려 보내자, 동호를 습격하여 쳐부수니 동호가 천여 리 물러갔다.… 연은 또한 장성을 쌓고 요양(遼陽)에서 양평(襄平)까지에 상곡(上谷)·어양(漁陽)·우북평(右北平)·요서·요동군을 두었다' 하였다.

위의 세 책은 다 같은 사실의 기록이라, 선대의 유학자들이 혹《위략》에 의거했으므로, 흉노전의 '천여 리 물러갔다'를 '2천여 리를 물러갔다'의 잘못이라 하였다. 이에 따라 패수를 대동강이라 하여 만번한을 대동강 이남에서 찾으며, 혹은 흉노전에 의거하여《위략》의 '땅 2천여 리를 취했다'를 '땅 천여 리를 취했다'의 잘못이라 하였다. 이에 의하여 패수를 압록강이라 해서 만번한을 압록강 이남에서 구하였다. 그러나 나의 소견으로는 《위략》의 '2천여 리'나 흉노전의 '천여 리'가, 그 어느 지점으로부터 기산(起算)한 것임을 따지지 않고 종점의 만번한이 어느 지점임을 구함은 보통 아닌 착오라 하겠다.

흉노전을 보면, 진개가 그 이른바 '동호'— 조선을 물리치고 요양에서 양평까지 장성을 쌓아서 상곡(현 대동부)·어양(현 북경 북쪽 60여 리에 있던 폐현)·우북평(현 영평부)·요서(현 노룡현)·요동(현 요양) 등 5군을 두었으니, 대동부에서 요양까지의 연장 2천여 리의 지방인, 곧 조선의 소유를 진개가 약취하였던 것이다. '2천여 리'는 곧 상곡에서 요양까지 이르는 것이고 만번한은 《한서》 지리지의 문(汶)·번한의 두 현이다. 문·번한의 연혁이 비록 전하지 않으나 《위략》에는 '만번한'이라 하고 흉노전에는 '양평에까지'라 하였는데, 양평은 한(漢) 요동군의 소재지(현 요양)이니, 문번한(만번한)은 곧 요양 부근의 땅이다. 연은 조선과 만번한을 경계로 정하였으며 한은 물러가서 패수를 지켰는데, 패수는 곧 요양 이서의 물이다. 이 지리지에 패수(沛水)가 번한현의 변경에서 나온다 했으며, 현 해성(海城) 헌우락(軒芋我)의 옛 이름이 패수(貝水)이니, 남약천(南藥泉 : 구만)의 설을 좇아 '沛水'를 '浿水'로, 만번한을 곧 해성 동북이며 요양 서남으로 잡아야 한다. 험독현(險瀆縣) 주에 '험독'을 조선 임금 만(滿)의 도읍, 곧 왕검성이라 하였으니, 왕검성(평양)인 험독은 현 해성임이 명백하다. 그러하거늘, 이제 2천여 리의 기점을 찾지 않고 종점을 찾으며, 만번한의 연혁을 묻지 않고 그 위치를 억측하여 정하며, 패수와 평양이 관계되는 지방을 버리고 패수와 평양— 왕검성의 연혁을 억측하여 설명하려니 어찌 실제와 맞겠는가.

제3의 착오

제3의 착오는 거짓으로 지은 글을 고찰하여 밝히지 못함이다.

이를테면 (1) 종래의 학자들이 《한서》 제기(帝紀) 무제 원봉(元封) 3년 진번·임둔 주의 '신찬(臣瓚)이 말하기를 《무릉서(茂陵書)》에 임둔군 소재지 동이현(東暆縣)은 장안에서 6천 1백 38리 떨어져 있는데 15현이고, 진번군 소재지 잡현(霅縣)은 장안에서 6천 7백 40리 거리인데 15현이다'에 의거하여, 진번·임둔의 위치를 탐색하는 유일한 자료로 삼았다. 그러나 이른바 《무릉서》, 사마상여(司馬相如)가 지었다는 책이 과연 믿을 만한 것인가. 《사기》나 《한서》에 사마상여가 《무릉서》를 지었다는 기록이 없을 뿐더러, 《한서》 사마상여전에 의거하면 상여가 죽은 뒤 5년 만에 무제가 후토(后土)에 '처음 사당을 세우다' 하였다. 《사기》 봉선서(封禪書)나 《한서》 교사지에 의거하면, 무제 원수(元狩) 2년에 비로소 후토사를 세웠으니, 그러면 사마상여가 죽은 해는 원수 2년 전의 5년인 원삭(元朔) 3년이고, 진번·임둔 두 군의 설치는 원삭 3년 후의 18년인 원봉 3년이다. 원봉 3년, 진번·임둔을 설치할 때에 벌써 죽은 지 18년이나 넘은 사마상여가 《무릉서》를 지어 두 군의 이름·위치 및 속현의 수를 말하였다 하니, 이는 비사학적인 요괴담이 될 뿐이다. 그러니《한서》주 '신찬이 말하기를《무릉서》'가 위조임이 또한 명백하지 않는가.

(2) 선대의 유학자들이《한서》지리지 낙랑군의 소속인 조선·염한·패수·함자(含資)·점제(黏蟬)·수성(遂成)·증지(增地)·대방·사망(駟望)·해명(海冥)·열구(列口)·장잠(長岑)·둔유(屯有)·소명(昭明)·누방(鏤方)·제해(提奚)·혼미(渾彌)·탄열(呑列)·동이(東暆)·불이(不而)·잠태(蠶台)·화려(華麗)·야두매(邪頭昧)·전막(前莫)·부조(夫租) 등 25현과, 그 주의 '패수는 서쪽으로 증지에 이르러 바다로 들어간다' '대수는 서쪽으로 대방에 이르러 바다로 들어간다' '열수는 서쪽으로 점제에 이르러 바다로 들어간다' 등의 말에의거하여, 패·대·열 3수를 곧 현 대동·임진·한강 3수로 잡고, 3수의 나오고 들어감에 의하여 각 현의 소재지를 찾아내려 하였다. 그러나 이 설이 앞에 서술한 '상곡에서 2천여 리의 종점인 만번한이 요양 등지가 되고, 요양의 서남인 해성현의 헌우락이 패수가 된다'한《위략》과 홍노전·조선전 등과 맞지 않으니,《한서》지리지의 일부분인 낙랑군의 본문과 본주가 모두 위조임이 명백하다. 중국 사책은 거의 그 독특한 병적인 심리의 자존성이 있는 춘추 필법 계통자의 저작이므로, 비록 지은이의 본서가 그대로 남아 있더라도 그들을 상대로 한 전쟁이나 그들과 관계된 강토의 문제 같은 것은 그 기록을 맹신해서

는 안 된다. 그렇거늘, 더군다나 위조한 《무릉서》나 낙랑군 지리지에 의하여 상고(上古) 국경 문제의 쟁점이 되는 패수와 평양의 위치를 찾을 수 있으랴.

제4의 착오

제4의 착오는 고사를 읽을 때에 앞뒤의 문장을 쓰는 법의 실례를 모르고, 자구의 글뜻을 억측으로 풀이하여 위증한 기록의 발견 기회를 없게 함이다.

이를테면 《한서》 지리지 요동군 험독의 주에 '응소(應邵)가 말하기를, 조선 임금 만(滿)의 도읍은 물의 험함을 의거했으므로 험독이라 하다' 하고, '신찬(臣瓚)이 말하기를, 왕검성은 낙랑군 패수의 동쪽에 있어 이를 이로부터 험독이라 하다' 하였는데, 사고(師古)가 말하기를 '찬의 설이 옳다[瓚說是也]' 하였다. '이를 이로부터 험독'에서 '이를'의 '이'는 요동군 험독의 대명사다. 본주의 대의(大義)를 상해하면 곧 응소가 요동군의 험독을 조선 임금 만의 고도— 왕검성이라 주장하니, 신찬이 반대하기를, 왕검성— 조선 임금 만의 고도는 요동군에 있지 않고 낙랑군 패수의 동쪽에 있었던 것이다. '이'— 요동군의 험독은 그 왕검성과 관계가 없는 딴 험독이라 하여 응·찬 두 사람의 설이 서로 반대의 견지에 있으므로, 사고가 옹의 설을 버리고 찬의 설을 취하여 '찬의 설이 옳다' 하는 단안을 내렸다. 그 글의 뜻이 십분 명백할 뿐더러, 또한 지리지의 각 군·현의 주에 의거해 보더라도, 가령, ① '금성(金城)'의 주에 옹의 설에는 '성을 쌓다가 금을 얻었으므로 금성이라 이름하였다' 하며, 찬의 설에는 '금의 단단함의 뜻을 취해서 금성이라 명명하였다'하여 옹·찬 두 사람의 금성에 대한 해석이 서로 반대되니, 사고가 '찬의 설이 옳다' 하는 단안을 내렸다. ② 영구(靈丘)의 주에 옹의 설에는 '조(趙) 무령왕의 장지이므로 영구라 하였다' 하고, 찬의 설에는 '무령왕 이전부터 영구라는 이름이 있었다'하여 옹·찬 두 사람의 영구에 대한 해석이 서로 반대되니, 사고가, '찬의 설이 옳다' 하는 단안을 내렸다. ③ 기타 '임진(臨晉)' '순읍(栒邑)' '진양(晉陽)' '포반(蒲反)' '수무(脩武)' '양(梁)' '울씨(尉氏)' 등 수십 현의 주가 모두 이와 같이 옹·찬 양설이 반대되는 경우라야 '옹의 설이 옳다' 하거나 '찬의 설이 옳다' 하는 양설의 하나를 취하는 단안을 내렸다. 만일 옹의 설과 찬의 설이 홀로 옳거나 찬의 설이 옹의 설과 화동하여 옳으면, 비록 단안함이 없어도 그 옳음이 저절로 나타나므로 번문을 피하여, 그런 경우에는 '옹의 설이 옳다' 혹은 '찬의 설이 옳다'는 구의 말이 없으니, 이는 지리지를 일람하면 환하게 깨달을 문자 쓰는 방법이다. 앞에 서술한 요동군 험독의 주도 신찬이 이 험독을 왕검성이라 주장하는 응소를 반대하여, 왕검성은 낙랑군의 속현이며 이 요동군 험독과 관계가 없다는 이의를 폈으므로, 사고가 그 이의를 찬성하여 '찬의 설이 옳다' 한 것이다. 그 앞뒤의 문장 쓰는 방법에 의하여 그 글뜻이 더욱 명백하거늘, 선대 유학자들이 지리지의 문장 쓴 방법을 알지 못하였다. 또 '험독' 주의 글뜻을 잘못 풀어 '이를 이로부터 험독'에서, '이를'의 '이'를 왕검성의 대명사로 보았다. 그래서 찬의 설을 응의 설의 찬성설로 알아 그 전체의 글을 응소가 말하기를, '험독은 조선 임금 만의 고도—왕검성'이라 하니, 신찬은 이를 찬성하여 '왕검성— 조선 임금 만의 고도가 낙랑군 패수의 동쪽에 있으니 '이'— 왕검성은 곧 요동성의 험독이다' 하고, 사고는 또 신찬의 찬성설을 찬성하여, '찬의 설이 옳다' 한 줄로 해석하였다. 그러나 이러한 해석은 앞뒤의 문장 쓰는 방법에 맞지 않을 뿐더러, 험독현이 요동군의 속현이자 낙랑군의 속현도 되며, 요동군이 낙랑군이고 낙랑군이 곧 요동군이다 하는 미치광이의 해석이 된다. 이는 상하의 글뜻만 모순이 될 뿐 아니라 곧 같은 양식, 같은 이름, 같은 위치의 성읍이 한 지역에 쌍으로 있고 같은 시기, 같은 지역, 같은 사실의 역사가 한 선에 병행하여 마침내 세인이 모색해서 알 수 없는 지리 아닌 지리, 역사 아닌 역사가 된 것이 아닌가.

여러 선생의 자세하고 넓은 학식으로 이 같은 큰 착오가 있으니 놀랄 일이다. 더구나 신찬의 본뜻은 왕검성인 평양을 요동군 이동의 낙랑군— 평안도에 있다고 주장하는 여러 선생의 의견과 틀림이 없거늘, 여러 선생들은 앞의 서술과 같이 신찬의 설을 오해하였으므로, 이를 자기들의 평안도 평양설을 반대하는 요동 평양설로 보았다. 그리하여 《동사문답》《아방강역고》《해동역사》《지리고》 등 각 책에도 다 평안도 평양을 주장하면서, 신찬의 설을 '허황되다'고 하였으니, 어찌 천하의 우스운 이야기가 아니냐.

이상 네 개의 착오를 발견하자 모든 서적의 위증이 파괴되고, 모든 학자의 잘못된 고증이 다 바로잡아져서, 평안도의 대동강과 현 평양을 옛 평양, 옛 패수로 잡은 허황한 설들은 저절로 그 근거를 잃었다. 그리하여 봉천성의 해성현과 헌우락이 옛 평양, 옛 패수인 확증을 얻어, 이에 조선 문명의 발원지이며 옛 삼경의 하나인 평양과 7대 강의 하나인 패수가 제자리로 돌아왔다.

평양과 패수가 이와 같이 조선 문명사의 중요한 지방으로서, 천여 년 동안 그 고유의 위치를 잃고 천여 리나 이사하여, 평안도의 작은 지방으로 양자들게 된 것은 위증한 서적의 지은 죄라 하겠다. 그러나 이와같은 위중이 행세하여 제2패수·제2평양— 대동강·평양이, 제1 패수·제1평양— 헌우락·평양의 위치·역사, 기타 모든 것을 빼앗게 됨은 무슨 까닭인가.

(1) 조선 민족의 대외적 실패에 말미암음이다. 신라·발해 동[남]북 양국이 서로 대치하다가 북국은 거란과 여진에게 나머지 종족이 전멸되고 토지도 모두 잃어, '북국' '해북' 등 명사만 겨우 삼국의 옛 사람이 남긴 몇 안 되는 글자로 남아 있을 뿐이다. 이에 제2의 평양·패수가 평양·패수가 되고, 제1의 평양·패수는 영원히 이역에 묻히어 평안·패수란 이름도 보전하지 못했다.

(2) 조선 문헌의 없어짐에 말미암음이다. 그와 같이 조선 민족의 대외 세력이 미약하니, 모든 고대의 문화나 무력을 자랑할 만한 고적과 문헌은 모두 묻히거나 타 버리고, 오직 노예적 비열과 처사적 담박으로 겨레의 구차한 삶을 도모하자, 경덕왕은 북방 주·군을 남방으로 옮겨 설치하고, 김부식은 외교적으로 아첨하는 문자로 지은 《삼국사기》를 간행하였다. 이어 몽골 황제가 사책을 가져다가 빼고 지우며 고치기를 함부로 하였으니, 이제 지리·연혁이 가장 그 참변을 만나게 되어, 평양·패수의 실제 기록이 모두 없어지고 오직 그 명칭만 남아 있는 것이다. 그렇게 되니 중국사의 위중한 문자가 온 세상에 횡행하였다. 그러나 종래의 학자들이 꺼

리게 되어 위중을 위중이라 하지 못하며, 혹은 익숙한 견문으로 인하여 그 위중을 위중인 줄 모르므로, 해성— 평양, 헌우락— 패수는 겨우 여느 야사가의 귀엣말로 남아 있을 뿐이요, 평안도 패수·평양만 행세하게 되었다.

그러면 중국 사가가 이와 같이 위중 문자를 조작한 것은 어느 때에, 어떤 사람이, 무슨 까닭으로 한 짓이냐. 전설에 의거하면, 당(唐)의 사람이 조선의 강성과 문명을 시기하여, 당 태종이 모든 중국사에 보인 조선에 관한 기사를 고치고, 이적과 소정방이 고구려와 백제를 멸하고는 그 서적을 죄다 불살랐다 하니, 이 말이 비록 어느 기록에 보이지 않았으나 대개 믿을 만한 것인가 한다.

그러면 당 태종이 손댄 서적이 무엇무엇인지는 알 수 없으나, 대개 《한서》와 《진서》가 심할 것이다. 안사고(顔師古)가 당 태종의 총신으로 영주(瀛洲)의 학사 반열에 참여하여, 깊은 장막에서 태종의 동방 침략할 모의를 협조할 때에 《한서》 교정의 소임을 띠었으니, 그 교정의 즈음에 한(漢) 무제 4군의 범위를 확장하고 위치를 이동하여, 조선의 옛 강토를 거의 중국의 소유로 위증해서, 이로써 군신 상하의 적개심을 고무하는 자료를 만들려 하였다. 그리하여 진번·임둔의 위치를 주할 때에 《무릉서》라는 책명과 기사를 위조하고, 지리지를 교열

할 때에 낙랑군의 부분을 위조하며, 요동군 험독 주에 신찬의 말을 위조·첨입하여 게다가 '찬의 설이 옳다'는 예화를 끼워 기록하니, 이에 조선의 지리가 아주 문란하였다. 그뿐 아니라《남제서》백제전의 두 장 빠진 것이 혹시 백제가 성할 때의 '북쪽으로 요(遼)·계(薊)·제(齊)·노(魯)를 차지하고 남쪽으로 오(吳)·월(越)을 침범하다'고 한, 해외로 뻗어 나간 실록을 당 태종이 삭제한 게 아닌가.《수서》에 적은, 동양 고사에서 미증유한 큰 전쟁의 기록이 그처럼 모호함도, 혹시 당 태종이 꾸미거나 고친 것이 아닌가. 중국 사책이 당 태종 이전의 것이라고 어찌 중국 사람의 습성인 자존적 심리로 지은 것이 없으랴마는, 다만 당 태종과 안사고가 손댄 서적같이 심하지는 않을 것이다.

일본 학자 관야정(關野貞)이 힘써 만든《조선고적도보》의 그 도설에, 용강(龍岡)에서 발굴한 점제비문을 기재하고 '종래 학자가 논쟁하던 열수는 곧 대동강으로 해야 옳다' 하였으나, 이는 곧《한서》지리지의 '열수는 서쪽으로 점제에 이르러 바다로 들어간다'와 점제비가 용강에서 발견됨에 따라 한 말이다. 그러나 만일《한서》지리지의 낙랑군 부분이 위조임을 알았으면 이런 착오가 없었을 것이다.

옛 평양·패수가 해성·헌우락임은 앞서 서술한 것과 같거니와, 현 평양이 평양이 되고 현 대동강이 패수가 된 것은 어느 때부터인가. 이에 대하여 두 가지 설이 있다.

첫째, 조선 고대에 둘 혹은 그 이상의 땅이름을 짓고는, 그 위에 형용명사(관형사)를 얹어 구별한 것이 많은데, 양구려(兩句麗)·삼한·육가야 등이 모두 그런 유이다. 평양·패수도 이와 같아 해성·헌우락을 '펴라'라 이름하면서, 평양·대동강도 '펴라'라 이름하고, 그 위에 남·북 두 자를 더하여 구별했다 함이 일설이다.

둘째, 우리 선대의 사람이 무슨 사항으로 인하여 도읍이나 백성을 갑지에서 을지로 옮기는 경우에는 번번이 그 땅이름까지 옮겼다. 해부루(解夫婁)가 동쪽으로 옮기매 동·북 두 부여가 생기고, 부여 온조(溫祚)가 남쪽으로 옮기매 하북·하남 양 위례가 생긴 것 등이 모두 그런 유이다. 평양·패수도 이와 같이 위만과 한 무제의 난리에 해성·헌우락의 '펴라'에서 대동강 가로 옮겨 산 백성들이, 그 새 거주지를 또한 '펴라'로 이름하여 이에 남·북 두 개의 '펴라'가 생겼다 함이 또한 일설이다.

두 가지 설 가운데 어느 설이 옳은지는 잔결한 문헌이 그 판결 재료를 주지 않는다. 그러나 중고 평양·패수인 삼국 시대의 '펴라'는 옛 평양·패수와 같이 해성·헌우락을 가리킨 것도 있고, 근세 평양·패수같이 현 평양·대동강을 가리킨 것도 있다. 만일 그 하나를 고집하고 다른 하나를 부인하거나, 혹시 두 가지를 서로 바꾸면 곧 지리와 연혁이 명확하지 않아 역사의 사실이 뒤섞여 어지러워지므로, 이제 《삼국사기》를 주요한 증거 서류로 삼고 다른 책으로 보조하여 중고의 '펴라'를 찾으려 한다.

1. 낙랑국과 낙랑군의 구별

왕검성 '펴라'인 옛 평양·패수가 한 무제의 침구를 입어 4군의 하나인 낙랑군이 되었으나, 4군의 위치를 시국의 형편을 따라 질정 없이 옮겼으므로, 낙랑군 수부(首府)의 위치는 해성에 고정한 것이 아니었다. 그러나 그 범위가 요동 밖으로 나오지 못하였거늘, 후대 사람이 번번이 《삼국사기》에 기재한 낙랑국을 곧 낙랑군으로 오인하여, 드디어 남·북 두 '펴라'를 혼동하였다. 낙랑국을 어느 때에 건국하였는지는 알 수 없으나, 그 위치는 현 평양 대동강 가이다. '혁거세 30년에 낙랑이 군사를 거느리고 침범하여 왔다' '38년…변한·낙랑·왜인에 이르기까지 두려워하고 심복하지 않은 자가 없었다' '남해왕 원년 7월에 낙랑 군사가 이르러 금성을 에워쌌다' '11년…낙랑이 우리 나라의 속이 비었다 하여 금성을 쳐

들어왔다' '유리왕 13년 8월에 낙랑이 북쪽 변경을 침범하였다' '14년에 고구려 임금 무휼(無恤)이 낙랑을 쳐서 멸하였다' 등은 신라본기에 보인 낙랑국과 신라가 관계된 약사이고, '대무신왕 15년…4월에 왕자 호동(好童)이 옥저(沃沮)에 놀러 갔더니, 낙랑왕 최리(崔理)가 나 다니다가 호동을 보고…드디어 돌아가서 자기의 딸로써 아내를 삼게 하였다. …호동이 임금에게 권하여 낙랑을 습격하였다. 최리는 북과 나팔이 소리를 내지 않으므로 방비를 하지 않고…드디어 딸을 죽이고 나와서 항복하였다' '20년에 임금이 낙랑을 습격하여 멸하였다' '27년 7월에 한의 광무제가 군사를 보내어 바다를 건너와서 낙랑을 치고, 그 지역을 탈취하여 군·현을 만드니, 살수 이남이 한에 속하게 되었다' 등은 고구려본기에 보인 낙랑국과 고구려에 관계된 약사이며, '온조 8년…7월에 마수성(馬首城)을 쌓고 목책을 세웠더니, 낙랑 태수(태수는 '왕'의 잘못)가 사람을 보내어 말하기를…이제 우리의 영토에 접근하여 성을 만들고 목책을 세우는 것은 혹시 우리 땅을 잠식하려고 도모함이 아닌가…' '11년 4월에 낙랑이 말갈을 시켜 병산(瓶山)의 목책을 덮쳐 파괴하고…' '13년…임금이 신하들에게 이르기를, 나라의 동쪽('서쪽'이라 해야 옳음)에는 낙랑이 있다' '17년 봄에 낙랑이 침입하여 위례성을 불살랐다' '18년…임금이 낙랑의 우두산성을 습격하려 하였다' 등은 백제본기에 보인 낙랑국과 백제의 관계된 약사이다.

선대 유학자가 앞에서 서술한 온조 8년의 '낙랑 태수'라는 말로 인하여, 삼국의 본기에 보인 낙랑 등이 모두 한의 낙랑군을 가리킨 것으로 억측 단정하고, 대무신왕 15년의 '낙랑왕'은 곧 당시의 조선 사람이 낙랑 태수를 왕으로 잘못 칭함이라고 억지로 해석하였으나, 이는 한의 낙랑군이 원래 요동에 있는 것인 줄을 모르는 허황한 설이다. 혹은 대무신왕 27년 '한의 광무제…낙랑을 치고 그 지역을 탈취하여 군·현을 만들었다'는 말로 인하여, 낙랑국이 멸망한 뒤에 그 땅이 곧 한의 낙랑군이 된 줄로 알았다. 그러나, 이는 봉건 시대라 조선 전토(만주 동북을 포함)에 몇 개의 진국(辰國 : '대국'의 뜻)이 나란히 함께 서고 진국이 하나이면 그 아래에 다수의 소국이 부속하였다. 최씨는 곧 낙랑 진국의 임금으로 그 아래에 점제·함자(含資)·대방…등 각 소국을 통솔하였는데, 고구려가 최씨를 멸하매 그 각 소국들이 고구려에 불복하여 한의 원병을 요청해서 고구려를 막은 것이니, '그 지역을 탈취하여 군·현을 만들었다' 함은 지나치게 과장한 말이며 사실이 아니다.

신라본기의 기림왕 3년에 '낙랑·대방 두 나라가 귀순하여 왔다'는 기사를 보면, 낙랑의 진국은 비록 멸망하였으나 그 각 소국은 그대로 존속하였음이 증명된다. 《후한서》 제기(帝紀)에 의거하면, '한 광무제의 건무 6년…처음에 왕조(王調)가 군(郡)을 의거하여 불복하자, 가을에 낙랑 태수 왕준(王遵)을 보내어 그를 치니, 군의 관리가 왕조를 죽여 항복받았다.…9월에 낙랑의 대역 죄인을 사(赦)하였다' 하였으니, 건무 6년은 대무신왕 13년으로 왕자 호동이 낙랑에 장가들기 3년 전이었다. 낙랑군에 어떤 큰 사건이 있었으나 낙랑국이 알지 못하고, 낙랑국에 어떤 큰 사건이 있었으되 낙랑군이 몰라서, 당시 두 '펴라'의 관계가 이와 같이 동떨어졌거늘, 《삼국사기》의 오류도 나무랄 만하거니와 후세의 독사자들 또한 엉성하고 거칠다 하겠다.

2. 낙랑과 평양의 구별

낙랑과 평양이 다 '펴라'의 차자(借字)이다. 그러나 낙랑국이 멸망한 뒤에는 낙랑이라 쓰지 않고 평양이라 써서 요동의 낙랑군과 구별하였다. 그러므로 대무신왕 이후 《삼국사기》에 쓰인 '낙랑', 곧 신라본기 기림왕 3년의 '낙랑'이 현 평양을 가리킨 것 이외에 그 나머지는 모두 요동의 한의 낙랑군을 가리킨 것이고, '평양'은 다 현 평양을 가리킨 것이다. 이를테면 (1) 동천왕 20년의 '위(魏)의 군사들이 혼란하여 진을 못 쳐서 드디어 낙랑으로부터 물러갔다'고 한 낙랑은 요동의 낙랑이며 현 평양이 아니다. 이때에 위군이 환도를 파괴하고 동천왕을 추격하다가 패퇴한 것이니, 만일 현 평양의 낙랑이라 하면 이는 군사가 나아감이고 물러감이 아니다. 21년의 '임금이 환도성은 병란을 겪어서 다시 도읍할 수 없다 하여 평양성을 쌓았다' 함은 현 평양이며 요동의 낙랑이 아니다. 이때에 동천왕이 위군에게 패하고 도읍을 옮겨 외구를 피한 것이니, 만일 요동의 낙랑이라 하면 이는 외구를 가까이함이며 피함이 아니었다. 이리하여 남'펴라'는 평양이라 쓰고 북'펴라'는 낙랑이라 썼음을 알 수 있다. (2) 미천왕 3년에 '임금이 군사 3만을 거느리고 현도군을 침공하여 8천 명을 사로잡아 평양으로 옮겨 왔다' 하고, 14년에 '낙랑군을 침공하여 남녀 2천여 명을 사로잡았다'라고 하였다. 평양과 낙랑이 만일 같은 지방이면 이는 앞의 서술에서 포로를 옮겨 둔 지방이 뒤에 다시 사로잡은 지방이 되어, 내가 나를 치는 괴상한 장난을 한 것이니, 천하에 어찌 이런 일이 있겠는가. 그러므로 여기에서 말한 평양과 낙랑도, 하나는 현 평양이고 하나는 요동의 낙랑임이 또한 명백하다.

후세 사람의 거짓 보탬과 고침이 많은 중국의 각 역사에도 무의식중에 남긴, 낙랑이 요동에 있다는 증거가 간혹 보인다. 《후한서》 제기 안제(安帝) 영초 5년 3월에

'부여가 낙랑의 요새를 침범하였다'고 기록했는데, 부여는 북부여— 현 하얼빈이니 낙랑이 요동의 낙랑이었으므로 부여가 그 요새를 침공한 것이다. 《자치통감(資治通鑑)》 민제(愍帝) 건흥 원년(미천왕 14)에 '요동의 장통(張統)이 낙랑·대방 두 군을 차지하였다…통이 그 백성 천여 호의 사람들을 거느리고 모용외(慕容廆)에게 귀순하니, 외가 낙랑군을 설치하여 장통을 태수로 삼았다'고 기록하였다. 만일 장통이 차지한 낙랑·대방이 살수 이남의 낙랑·대방이라면, 당시에 고구려가 강성하여 살수 이북만 모조리 소유했을 뿐 아니라, 곧 요동의 서안평(西安平)— 안동현 등지까지도 미천왕 12년에 벌써 고구려에 들어왔으므로, 살수 이남을 차지한 장통이 천여 집의 사람을 데리고 요서까지 달아나지 못했을 것이니, 이것도 요동의 낙랑임이 또한 틀림없다.

그러나 우리 선대의 사람들은 비록 평양의 차자로 '펴라'를 기록했으나, '펴라'의 뜻을 잘 알아서 '펴라'란 물이름인 패수를 떠나서는 평양이라 일컬음이 없다. 이를테면, 고국원왕이 황성(黃城)에 도읍하고(종래 사가가 '故國原王十三年 平壤東黃城'의 黃城을 윗구에 잇달아 읽어 동황성이라 하였지만 이는 큰 잘못임), 평원왕이 장안성에 도읍하였다. 황성과 장안이 다 평양에 아주 가까우나, 다만 패수를 끼지 않았으므로 평양이라 일컫지 않고 황성 혹은 장안이라 칭하여, 그 구별이 이와 같이 매우 엄격하였다. 중국 사람은 역대 이래로 패수의 유무와 관계 없이 낙랑을 이리저리 마음대로 옮겨 설치하였으니, 요동의 낙랑도 이미 앞의 서술과 같이 고정된 자리가 없다. 모용외가 장통의 항복을 받아 낙랑 태수로 삼고 유성(柳城)에 낙랑을 임시로 설치하였으니, 이는 요서의 낙랑이며, 탁발위(拓跋魏) 이후에는 상곡에 낙랑을 옮겨 설치하였으니, 이는 산서(山西)의 낙랑이다. 이 따위는 다 '펴라'의 물과 관계 없는 낙랑이라 하겠다.

3. 백제 중엽에 관계한 낙랑

평양·낙랑이 앞의 서술과 같으나, 이에 백제사를 읽으매 '고이왕 13년…유주 자사 관구검이 낙랑 태수 유무(劉茂), 삭[대]방 태수 왕[궁]준과 함께 고구려를 치므로, 임금이 틈을 타서 좌장 진충(眞忠)을 시켜 낙랑 변방 주민들을 습격하여 잡아 왔더니, 유무가 이 말을 듣고 분개하였다. 임금이 그들로부터 침공을 받을까 두려워 그 사람들을 돌려 보냈다' 하고, 분서왕 7년 '2월에 비밀히 군사를 출동하여 낙랑의 서현을 습격하여 탈취하였다. 10월에 임금이 낙랑 태수가 보낸 자객에게 살해되었다'고 하였다. 여기에 네 번 보인 '낙랑'의 명사를 종래의 사가들은 의심 없이 현 평양을 가리킨 것으로 알아 왔다. 그러나 이때는 낙랑국이 망한 지 이미 오래니, 남'펴라'에 어찌 '낙랑(樂浪)'이란 차자로 그 칭호를 썼으랴.

대개 《삼국사기》 가운데 본기와 열전에서 가장 없어진 부분은 백제사이다. 거칠부전의 '백제 사람들이 먼저 평양을 쳐서 파괴하였다' 하는 말에 인하여 그 연대를 따지면, 성왕 29년에 백제가 1차로 고구려의 수도를 함락한 큰일이 있었는데 본기에 이것이 빠지고, 문무왕본기, 《당서》 《일본서기》 등을 대조하면 부여복신의 뛰어난 재주, 전략과 충절은 고금에 짝이 없는 백제 말엽의 거인이거늘, 열전에서는 이러한 거인을 내버렸다. 《자치통감》의 '부여가 처음 녹산(鹿山)에 있었는데 백제가 쳐부수었다'의 기사로 보면, 현 하얼빈이 백제의 땅이었는데, 본기나 열전에 그런 말이 보이지 않는다. 저근(姐瑾)과 사법명(沙法名)의 공적을 기린 《남제서》 가운데 동성왕의 국서를 보면 이 임금 때에 탁발위의 수십만 대군을 전승하여 나라의 형세가 강성하였거늘, 동성왕본기 중의 백제는 어찌 그리 미약한가. 《송서》의 '백제가 요서의 진평(晉平)을 공략했다'로 보면, 한때 백제의 해외로 뻗어 나감이 현 영평부 등지까지 미쳤거늘, 두 임금의 본기에는 그런 기록이 없고 건국설은 십제(十濟)·백제 등의 부당한 곡해만 남아 있다. 망국의 유적지에는 '조룡백마(釣龍白馬)'의 적장을 숭배하는 거짓말만 남아 있고, 정작 자기의 문화·정치상으로 아름답고 웅대한 무엇은 볼 것이 없으니, 이는 적군의 병화에 없어진 문헌의 피해보다 사실을 거꾸로 한 신라 말엽 문사들의 곡필한 죄가 더 많음을 볼 수 있다.

이제 고이왕이 침범한 낙랑으로 말하면, 《삼국지》 동이열전에 '명제(明帝)가 비밀히 대방 태수 선우사(鮮于嗣), 낙랑 태수 유흔(劉昕)을 보내어 바다를 건너가서 두 군을 세웠다' 하고, '정시 6년에 낙랑 태수 유무와 대방 태수 궁준(弓遵)이 영동(嶺東)을 예(濊)에 소속시키므로, 고구려가 군사를 동원하여 그들을 치니, 불내후(不耐侯) 등이 읍을 내어 놓고 항복하다' 하였다. 이와 같이 낙랑이 위(魏)의 장수 유흔과 유무가 서로 이어 태수가 된 곳이니, 만일 이 낙랑이 현 평양이라면 환도에서 외구를 피하여 도읍을 옮긴 동천왕이, 어찌 9년 동안이나 기반이 튼튼하게 잡힌 위의 낙랑에 천도할 수 있었겠는가. 그러므로 유흔·유무·궁준 등이 차지한 낙랑·대방이 요동의 낙랑·대방이자 고이왕이 침범한 낙랑도 요동의 낙랑이니, 이는 대개 백제가 해외로 뻗어 나간 시초가 된다. 분서왕이 침범한 낙랑으로 말하면 《양서》 백제전에 '진(晉) 시대에 백제가 요서를 점거하였다' 하니, 분서왕 원년은 진 혜제 원강 8년이며 모용외와 같은 시대이다. 역사에 의거하면 모용외가 요서낙랑을 세운 것은 미천왕 14년,

장통의 항복을 받은 때의 일인데, 그 전에 모용준을 낙랑왕이라고 불렀음을 보면 요서낙랑을 세운 지가 이미 오래임을 알겠다. 대개 백제가 모용씨의 요서를 쳐서 빼앗고 그의 낙랑 동현을 차지하매, 낙랑 태수가 병력으로 백제를 막기에 부족하므로 드디어 자객을 보내 임금을 암살함이니, 이것도 백제가 해외로 뻗어 나간 한 작은 사실이다.

고타소랑(古陀炤娘)의 참혹한 죽음으로 말미암은 신라 사람들의 격렬한 원한이 백제 역사에 미치어, 번번이 그 큰 공적은 빼어 버리고 패망한 것만 기록하였으므로, 요동·요서 두 낙랑의 애초 관계가 본기에 궐하였다. 신라·고구려의 양 본기에 뿐 아니라 곧 백제본기에도, 낙랑국 멸망 이후의 남'펴라'는 평양이라 쓰고 북'펴라'는 낙랑이라 쓴 움직일 수 없는 증명이다. 이로 말미암아 당 태종이 《진서》를 지을 때에 고구려와 백제의 전쟁을 한 자취와 강토를 많이 깎아 버림이 명백하다.

《자치통감》에 호삼성(胡三省)이 모용외의 낙랑을 유성(柳城)에 임시로 설치한 것이라 하고, 《문헌통고》에 백제의 요서진평을 당(唐) 유성과 북평의 사이라 하였다. 《당서》 지리지에 유성은 동쪽으로 요하까지 4백 80리, 남쪽으로 바다까지 2백 60리, 서쪽으로 북평군까지 7백리, 북쪽으로 거란 경계까지 50리라 하고, 북평은 동쪽으로 유성까지 7백 리, 서쪽으로 어양까지 3백 리, 동북으로 유성이 7백 리에 이른다 하니, 이로써 유성낙랑의 위치를 상상할 만하다.

4. 중국사의 지리지와 동이열전에 보인 낙랑

《한서》 지리지의 낙랑 25현이 당(唐) 사람의 거짓 보탬임은 이미 앞서 약설하였거니와, 이제《한서》《후한서》《삼국지》《진서》의 지리지와 동이열전에 보인 낙랑 및 그것과 관계되는 현도·대방 등을 아울러 고증한다.

《한서》 지리지에 보인 현도 낙랑의 기록은 아래와 같다.

현도군 : 집 4만 5천, 인구 22만 1천8백45, 현(縣) 3. 고구려·상은태(上殷台)·서개마(西蓋馬)

낙랑군 : 집 6만 2천8백12, 인구 16만 6천7백48, 현 25. 조선·염한·패수·함자·점제·수성(遂成)·증지(增地)·대방·사망(駟望)·해명(海冥)·열구(列口)·장잠(長岑)·둔유(屯有)·소명(昭明)·누방(鏤方)·제해(提奚)·혼미(渾彌)·탄열(呑列)·동이(東暆)·불이(不而)·잠태(蠶台)·화려(華麗)·야두매(邪頭昧)·전막(前莫)·부조(夫租)

《후한서》 군국지(郡國志)에 보인 현도·낙랑의 기록은 다음과 같다.

현도군 : 집 1천5백94, 인구 4만 3천1백63, 6성(城).

고구려·서개마·상은태, 고현 고속(高顯古屬) 요동, 후성(候城) 고속 요동, 요양 고속 요동

낙랑군 : 집 6만 1천4백92, 인구 25만 7천50, 18성. 조선·염한·패수·함자·점제·수성·증지·대방·사망·해명·열구·장잠·둔유·소명·누방·제해·혼미·낙랑

《삼국지》에는 지리지가 없으므로 이는 빼고, 《진서》 지리지에는 현도군이 없고 낙랑과 대방을 두 군에 나누어 기록한 것이 다음과 같다.

평주(平州)— 낙랑군(한에서 설치) : 집 3천7백, 현 6. 조선·둔유·혼미·수성·누방·사망

대방군(공손도가 설치): 집 4천9백, 현 7. 대방·열구·남신(南新)·장잠·제해·함자·해명

《사기》에 한 무제가 위씨를 멸하고 4군을 두었다 하였는데, 무슨 까닭으로 《한서》 지리지에는 현도·낙랑만 있고 진번·임둔이 없는가. 낙랑이 25현이나 되는데, 현도는 무슨 까닭으로 겨우 3현인가. 《후한서》 군국지에는 무슨 까닭으로 《한서》 지리지보다 1현이 더하고 동이 이하 7현이 없는가. 《진서》에는 무슨 까닭으로 현도가 없고 낙랑·대방 두 군이 있는가.

《후한서》와 《삼국지》의 동이열전에 '소제(昭帝)가 진번·임둔을 혁파하여 낙랑·현도에 병합하다'가 제1의 답안이고, '현도는 다시 고구려에 옮겨 살고, 선대령(單大

嶺) 동쪽인 옥저·예맥은 다 낙랑에 소속되다'가 제2의 답안, '다시 영동 7현을 나누어 동부도위(東部都尉)에 설치하고, 광무제 건무 6년에 동부도위를 줄였으며, 마침내 영동 지방을 버리다' 함이 제3의 답안, '건안 중에 공손강이 둔유를 분리하여 남쪽의 황무지를 대방군으로 하다'가 제4의 답안이다. 그러나 《후한서》 제기 광무제 23년에 '고구려·잠지(蠶支)…낙랑에 소속되기를 바라다' 하였는데 잠지는 곧 잠태, 잠태는 낙랑의 현(縣) 이름이거늘, 이제 잠태가 낙랑에 소속되기를 원한다 함은 마치 양주가 경기도에 딸리려 한다는 식의 우스운 이야기다. 안제(安帝) 원초 5년에 '궁(宮 : 태조의 이름)이 다시 예맥과 더불어 현도에 침구하여 화려의 성을 치다' 했는데, 화려는 낙랑 동부인 영동 7현의 하나로서 광무제 때에 벌써 없애 버린 현이거늘, 이제 다시 고구려가 침입한 한의 현이라 한 것도 말이 안 될 뿐더러, 현도에 침구하여 화려를 쳤다 함은 '낙랑의 속현이 곧 현도의 속현이다'는 모순된 말이다. 고구려의 국명에 견주어 고구려현을 둠은 용서하고라도, 유리왕 33년에 태자 무휼(無恤)이 고구려현을 점령하여 그 땅이 고구려의 소유가 되었거늘, 그 뒤 3백년이 지나도록 고구려현이 현도의 수부(首府)로 《한서》 지리지나 《후한서》 군국지에 적힘은 근거 없는 엉뚱한 기록이다. 다시 더 상고하면 이런 따위가 얼마인지 모를 것이다. 그러므로 《한서》의 지리지나 《후한서》의 군국지, 《진서》의 지리지에 보인 낙랑·현도 등의 군은 후대 사람이 거짓으로 보탠 것이고, 당(唐) 이전 각 역사의 모든 동이열전은 후대 사람의 고침이 허다한 것이다. 그 가운데 더욱 낙랑·현도 등에 관한 기록은 대개가 위조라고 보아야 한다.

그러면 낙랑·현도의 여러 현들은 모두 단번에 지워 버림이 옳을까. 《한서》 지리지 요동군 번한현(番汗縣)의 패수(沛水)가 곧 패수(浿水)임은 이미 앞에서 기술했고, 《삼국지》 동이열전에 낙랑전을 궐한 것이 유감임은 이미 〈삼국지 동이열전의 교정〉에 서술하였다. 혹시 《삼국지》에 본래 낙랑전이 있고 낙랑전 가운데에는 낙랑 속국 20여 개가 기재되었던 것을, 당 태종·안사고 등이 낙랑전을 없애 버리고, 그 20여 국을 가져다가 《한서》 지리지에 더 보태어 넣어서 낙랑군 25현을 만들지 않았을까. 그리하여 지리지 가운데 낙랑군의 속현인 번한·험독 등을 요동군에 옮겨 넣으면서, 그 흔적을 숨기기 위하여 번한의 浿水를 沛水로 고치고 험독의 주(注) '조선 임금 만(滿)이 도읍하다'를 반박하며, 각 역사의 동이열전이나 기타에 보인 낙랑의 기사를 혹은 없애고 혹은 고쳐서, 중국 옛 강토의 범위를 넓혀 동방을 침략하는 장병들의 적개심을 북돋우려 함이었던가. 여하간 지리지의 현도 3현과 낙랑 25현은 거의 조선의 열국이며, 당시 요동 낙랑군의 본현이 아니라 하겠다.

결론

이상 말한 바와 같이, 중고(中古) 시대의 평양·패수는 남북으로 나뉘어 대치하여, 남쪽은 낙랑국 또는 평양성이라 일컬어 그 위치가 대동강 가에 고정되고, 북쪽은 낙랑군이라 칭하여 그 군소재지가 요동에서 요서, 요서로부터 상곡까지 옮겨진 것이다.

그러면 남낙랑에는 중국 사람들의 세력이 중고 시대에 아주 들어온 적이 없는가. 이는 단언할 수 없는 것이다. 대개 중고 시대에 조선 사람들은 현 조선 8도 이외에 압록강을 건너서 홍경(興京) 이동, 개원(開原) 이북의 심양·길림성 대부분을 근거하고, 현 만리장성 이북으로 나가서 열하도(熱河道)·홍화도(興和道)·수원도(綏遠道) 등을 진취의 지방으로 삼아, 세가 성할 때에는 남하하여 어양(북경 부근)·우북평(영평부)·태원(太原 : 대동부) 등을 공격하고, 중국 사람들은 영평부로부터 산해관까지를 진취의 지방으로 삼아 세가 성하면 요동으로부터 간혹 홍경 이동도 엿보며, 혹 살수 이남에까지도 침범하여 다가왔다.

그랬거늘, 역대의 사가들이 번번이 이런 줄을 알아 밝히지 못함으로써, 《삼국사기》를 읽을 때 고구려가 '요서에 축성하였다' '어양·상곡·우북평 등에 침입하였다'는 말을 보면, 고구려가 열하도·홍화도 등지로부터 남쪽으로 향하여 영평부나 대동부 등을 친 것인 줄 모르고, 산해관에서 서쪽으로 나아가 영평부 혹은 대동부 등을 공격한 줄로 알며, 중국 사람들의 세력이 미천왕 이전 수백 년 동안 평안·황해 등지에 자리를 잡아 차지한 줄로 아니, 이 따위는 다 보통 착오가 아니다. 설혹 평안·황해에 한두 번 중국 사람들의 병화를 입은 일이 있다 하더라도, 고려 말엽 홍건적이 개성에 침입했듯이 잠시의 침략이었을 뿐이니, 영구한 점령지로 있었다 함은 역사적 기록에 어긋나는 거짓말이라 하겠다. 다만 낙랑의 옮김에 대하여 한 가지 재미를 느낄 일이 있는데, 낙랑이 요서로 옮길 때는 조선의 세력이 요동에 미친 뒤이며, 낙랑이 상곡으로 옮길 때는 조선의 세력이 요서에 미친 뒤이니, 낙랑 위치의 진퇴로 조선 세력의 성쇠를 점칠 것이다.

《조선고적도보》에 수많은 낙랑·대방의 무덤을 기재하였다. 그러나 ① 낙랑군 제8, 대동강 가의 고분을 한(漢)의 무덤이라 함은 동경(銅鏡)이나 금구(金口) 등에 새긴 '王'자를 제왕의 '王'으로 풀지 않고 한인의 왕씨의

'王'으로 풀고, ② 제6·제5, 강동의 고룡은 전설에 황제의 무덤, 《여지승람》에는 이를 동천왕릉이라 하였거늘, 이제 한왕의 능이라는 전에 없던 별명을 붙였다. 또 점제비는 그 첫 머리의 떨어져 나간 면에 물음표를 하여 한의 광화(光和) 원년(元年)이라 하니, 우리 같은 고고학의 문외한이 어찌 그 옳고 그름을 가벼이 논하리오. 그러나 그 도설(圖說)의 대개를 보건대, 어떤 말은 학자의 견지에서 나왔다기보다 정치상 다른 종류의 작용이 적지 않은 듯하다. 대방 태수 어양(漁陽) 장무이(張撫夷)의 무덤은 그 비문의 '漁陽' 두 자를 의거하여 중국 북경 사람으로 벼슬한 자의 묘라 하였다.

그러나 백제 중엽부터 백제 사람들이 중국을 모방하여 지은 땅이름이 많은데, 광양(廣陽)·성양(城陽) 등이 이것이니, 어양도 이와 같이 백제 중앙 지역의 땅이름이 아닌지 모르겠다. 개로왕 때에 대방 태수 사마(司馬) 장무(張茂)란 사람이 있는데, 장씨는 백제의 세가(世家)로서 대방 태수의 직을 세습하던 성씨인지도 모를 일이니, 깊은 생각 없이 문득 북경 사람이라 단언함은 너무 조급한 일이 아닌가 싶다.

전후삼한고(前後三韓考)

1. 인용서의 선택

⑴ 인용서의 진위 변별

아직 땅속 발굴, 고적 탐사, 옛날 물건 연구 같은 데에 지식과 기구가 모두 부족한 우리로서는, 우리의 고사를 연구하려면 오직 옛 사람이 남긴 서적을 자료로 삼을 뿐인 것은 물론이다. 서적이라면 우리의 것뿐 아니라 이웃 나라의 것도 좋으며, 지난 시대의 소위 '정사(正史)'라는 것보다도 간혹 신화·소설·괴담·잡서에서 직·간접적으로 사적(史的) 가치를 더 얻는 수도 있다. 그러나 이는 선택할 줄을 안 연후의 일이다. 어찌 아무 변별도 없이 조선에 관한 기록만 있으면《산해경》《죽서기년》《포박자(抱朴子)》《박물지》 같은 것을 가치를 묻지 않고 인용하며, 후세 사람의 위조라고 온 세상 사람들이 다 말하는 요전(堯典)과 우공(禹貢) 중의 '우이(嵎夷)'니 '도이(島夷)'니 하는 것을 가져다가 4, 5천 년 전 조선사의 한 페이지를 채우려 함이 또한 우스운 일이 아닌가. 페리클레스가 꾸민 기록에 의하여 아테네가 번번이 스파르타를 이긴 줄로 알고, 기원 390년 카리 전쟁 이후에 로마 사람이 추록한 로마 고사에 의하여 옛 로마의 연대·사적 등을 믿으면 너무도 어리석은 일이라 하겠다. 그러므로 고사를 논술함에는 먼저 인용서의 가치를 잘 살펴야 한다.

(2) 조선 고사의 잔결

조선 최고(最古)의 사적을 《신지(神誌)》라 한다. '신지'를 사람 이름이니 책이름이니 하나, 졸견으로 신지는 본래 고대의 벼슬 이름인 삼한 역사의 신지(臣智) 곧 '신치'니, 역대 '신치'의 신수두 제삿날의 송덕을 기린 말인 치어(致語)를 모은 것이 있었던가 싶다. 그 전서가 남아 있으면 혹시 조선의 호머 시편이 되는지도 모를 것이다. 그러나 불행히 신지의 것이라고는 참인지 거짓인지도 모를 진단구변도(震壇九變圖)란 이름이 《대동운해(大東韻海)》에, 비사(秘詞) 10구가 《고려사》에 보이며, 그 밖에는 탈락된 3구가 전할 뿐이다. 고구려 국초의 《유기(留

記)》백 권, 이문진(李文眞)의 《신집(新集)》 5권, 백제 고흥(高興)의 《서기(書記)》, 신라 거칠부(居柒夫)의 《신라고사》니 하는 것까지도, 그 책이름만 우리 귀에 남아 전하고 그 한 자도 세상에 남지 못하였다. 그리 된 원인은 〈조선역사상 1천년래 제1대 사건〉에 약론하였지만, 어디 우리 조선의 사학계와 같이 백사지(白沙地)된 사회가 있으랴. 그러면 우리가 무슨 서적에 의하여 고사를 말할까.

(3) 중화 사가의 조선에 관한 기록

이웃 나라의 서적에서 찾는다 하자. 고대 우리의 이웃 나라 가운데 남의 일까지 적어 줄 만한 문화를 가진 나라가 오직 중화뿐이었다. 중화의 믿을 만한 역사를 찾으면 사마천에게 첫 손가락을 꼽을 터이다. 그러나 사마천은 충실하게, 먼 곳의 외국인 이집트·바빌론의 역사를 채록하던 희랍의 헤로도투스 같은 사가가 아니고, 즉 공자 《춘추》의 '중화를 높이고 외국을 오랑캐라고 배척함', '나라 안을 상세히 하고 바깥을 간략히 함', '나라를 위하여 수치함을 꺼리는 것' 등의 주의를 굳게 지키는 고집 세고 융통성 없는 유학자였다. 그러므로 조선을 중국의 일부인 절강(浙江) 지방과 같게 보아 《사기》에 조선과 두 월(越)을 합쳐 전(傳)을 만들었다. 또 조선전이란 것이 조선사가 아니고, 다만 연(燕)·제(齊)의 떠돌이 도둑떼의 우두머리 위만이 조선을 침략한 기록뿐이며, 조선이 연과 전쟁한 큰 사실 같은 것도 흉노전에 동호(東胡)란 이름으로 기록하여, 만일《위략》이 아니면 조선의 일로 알 수 없게 되었다. 반고(班固)《한서》의 조선에 관한 기록은《사기》의 것을 뽑아 그대로 썼을 뿐이며, 범엽(范曄)《후한서》의 조선에 관한 기록인 동이전은《삼국지》의 것을 뽑아 그대로 취했으며, 게다가 함부로 고친 것이다. 만일 조선사의 재료가 될 가치가 있는 것을 구하면, 위 두 책의 것은 모두 털끝만한 가치도 없고, 오직 조위(曹魏) 말엽 서진(西晉) 초기 사가의 저작인 진수(陳壽)의《삼국지》는 부여·고구려 등의 관제·풍속과 삼한 70여 국의 나라 이름과 기타 모든 것을 약술하여, 중국사에 붙여 보인 조선 기록의 가장 기릴 만한 것이다. 진수와 같은 시대 사람인 왕침(王沈)의《위서》에는 단군의 이름인 왕검(王儉)을 적었으며, 어환(魚豢)의《위략》에는 대부(大夫) 예(禮), 조선 임금 부(否)·준(準)의 약사를 적었다. 근세의《동국통감》《조선사략》등에 보인 기부(箕否)·기준, 삼한 78국 이름 등이 모두 그들이 남긴 이삭을 주운 것이다. 《위서》와《위략》은 이제 잃어버려 겨우 일연의《삼국유사》와 배송지(裴松之)의《삼국지》주에 인용한 것이 남아 있을 뿐이니 어찌 가석하지 않는가.

(4) 조선인의 기록으로 중화 사책에 초록된 《삼국지》의 조선 사실

《삼국지》의 부여·고구려·삼한 등의 전(傳)에 쓰인 사자(使者)는 '사리', 패자(沛者)는 '부리', 대로(對盧)는 '마리', 낙랑은 '펴라', 구야(狗邪)는 '가라', 안야(安邪)는 '아리'이니, 이는 다 한자 음의 초성이나 뜻의 초성을 가져다 쓴 삼국시대의 이두문이다. 한(漢) 사람이 스스로 번역한 것이 아니므로, 이것이 모두 위(魏)의 장수 관구검이 환도성에 침입하였을 때에, 고구려의 기록이나 전설을 가져다가 전한 것이 있어서, 《삼국지》《위서》《위략》 등의 저자가 진귀한 조선사의 자료를 가졌던 것이 아닌가 싶다. 다만 그들이 조선 본위의 조선사를 짓지 않고 중국사의 사이전(四夷傳) 가운데에 부록하는 조선사를 지었으니, 그 기록이 자연히 엉성하고 간략했을 것이다.

(5) 《삼국지》의 조선에 관한 전부를 신용할 수 없는 조건

그러하니, 《삼국지》 등 책에 있는 부여·삼한전 등을 곧 고구려 사관의 기록과 같이 보아 진귀품으로 자랑함이 옳으나, 순전히 그렇게만 여길 수 없는 것이다. ①

그들이 또한 중국 사람이므로 역대 중국 사가의 타국에 대한 병적 심리를 가져서, 그 기록 가운데에 사실이 아닌 꾸민 기록을 끼웠다. 예를 들면, 《위략》에 대진(大秦 : 로마)의 '秦'에 억지로 끌어다 맞추어 백색 인종인 대진 사람들을 중국 사람들의 자손이라 하며, 진한(辰韓)의 '辰'음에 맞추어 진한은 秦의 사람들이 만리장성의 부역을 피하여 동쪽으로 옮겨 온 것이라 하는 등, 이와 같은 허황한 말이 적지 않으니, 그들을 편벽되게 믿다가는 그 조롱하는 기록에 속을 뿐이다. ② 당 태종이 고의로 고구려를 침략하려고 자기 나라 벼슬아치와 백성의 고구려에 대한 적개심을 북돋우기 위하여, 중국 고서에 보인 조선에 관한 문자를 거의 다 지우고 고친 의심이 없지 않다. 이는 〈평양패수고〉에 상론한 바이거니와, 조선 역사상 삼한·사군의 송안의 분분한 것은 당 태종이 지우고 고친 서적을 그대로 따라 믿음이 역시 한 원인이 된다. ③ 거꾸로 쓴 자, 오자, 빠진 자, 같은 글자를 거듭 쓴 자 등이 많다. 예를 들면《삼국지》의 본열전서에 '끝까지 멀리 뒤쫓아서 오환골도(烏丸骨都)를 넘었다' 하였으나, 고구려에 오골성과 환도성은 있지만 오환성·골도성은 없으니, 대개 윗글의 오환전(烏丸傳)이 있음으로 인하여 骨·丸 두 자를 거꾸로 바꾸어 烏骨丸都를 烏丸骨都라 한 것이다. 마한전에 '신지 혹 가우호 신운견지(臣智或加優呼臣雲遣支)'라 하였으나, '臣'의 음은 '신'이니 신소도(臣蘇塗)·신분활(臣憤活) 등의 '臣'과 진한(辰韓)·진왕(辰王) 등의 '辰'과 같이 모두 '크다(太)'의 뜻이다. 支는 '크치'라 그 뜻이 대형(大兄)이니 '신크치'는 곧 태대형(太大兄)이다. 신운견지(臣雲遣支)의 '雲'자는 곧 아랫글 신운신국(臣雲新國)의 '雲'자를 거듭 써서 臣遣支를 臣雲遣支라 한 것이며, 진한·변한전의 진·변 24국 내에 군미(軍彌)·마연(馬延)을 거듭 써서 26국이 되었다. 이상의 것은 다 그 위·아랫글에 의하여 발견할 수 있으려니와, 이 밖에 발견할 수 없게 된 오자, 거꾸로 된 자, 빠진 자도 적지 않을 것이다. 이것도 연구상 한 가지 큰 장애라 하겠다.

(6) 삼한에 관한 기록

삼한은 종래 사가의 논쟁되어 오는 여러 문제들 가운데 하나이자 또한 가장 중요하고 곤란한 문제이다. 이제 ① 서적을 선택하여 선대 유학자와 근세 사람의 '한(韓)' '조선(朝鮮)' 등 글자가 보인 글이면 모두 인용서로 보는 폐단을 없애며, ② 선택한 서적 중에서 다시 그 진위를 분간하여, 한편으로는 꾸민 기록을 따져 바로잡은 뒤에 《삼국지》《위략》 등을 주로 하고, 《사기》의 흉노전·봉선서(封禪書)·조선열전을 부(副)로, 《국어(國語)》《관자》 등을 보조하여 연구 자료로 삼아서 〈전후삼한고〉를 논술하려 한다.

2. 전삼한— 삼조선— 의 전말

⑴ 삼한의 근본이나 출처

한구암(韓久庵 : 백겸) 선생이 한강의 남북을 갈라 그 북쪽은 조선과 사군이었다가 고구려가 되고, 그 남쪽은 삼한이었다가 신라·가락·백제 삼국이 되었다고 주장하였다. 그 뒤 후학들이 바람 따라 휩쓸리듯 이의가 없었으나, 구암이 후삼한만 삼한으로 알고 전삼한이 있었음을 모름으로써 이와 같은 잘못이 있었던 것이다.

무슨 증거로 전삼한이 있다 하는가. 《삼국사기》 신라본기 혁거세 원년에 '애초 조선 유민들이 산골짜기에 나뉘어 살다가…이것이 진한 육부가 되었다' 또, 38년에 '진한 유민으로부터…두려워하고 심복하지 않는 자가 없었다' 하고, 《위략》 삼한전에 '진한…떠돌아 다니는 백성이므로 마한이 지배하게 되다' 하였다. 《삼국지》 삼한전에는 '진한은 마한의 동쪽에 있었는데, 노인들이 말하기를, 옛날에 진의 부역을 피하여[避秦役] 도망한 사람들이 한국에 오니 마한이 그 동쪽 경계의 지역을 분할

하여 주었다'했으니, '피진역(避秦役)' 3자는 이미 앞 절에 그것이 위증임을 따져 바로잡았다. 이미 서술한 신라본기와 삼한전의 말을 대조하여 보면, 진한은 원래 북쪽 지방에서 옮겨 와 마한의 분할지를 받아 우거한 것이다. 삼한전에 변한은 없고 변진만 있으니, 이것은 변한·진한 양국 유민으로 옮겨 온 사람들이 함께 섞여 살아서 이름을 얻은 명백한 증거이다. 그러면 진·변한의 이 주민이 있기 전에 경상 좌·우도가 모두 마한의 땅이었다고 봐야 하니, 진·변한의 본토는 타지에서 찾음이 옳은 것이다.

(2) 삼한은 곧 삼조선

전삼한의 역사를 말하려면 먼저 '조선'이란 뜻과 '삼조선'의 내력을 밝힐 필요가 있다.

① 조선에 대하여, 김학봉(金鶴峯 : 성일)의 '아침 해가 선명하다', 《여지승람》의 '동쪽에서 해가 돋아 나온다', 안순암의 '선비산(鮮卑山)의 동쪽이다'… 등 갖가지 해석이 있다. 그러나 이는 곧 '중경(中京)'의 뜻인 '가우리'로 이름한 고려(高麗)를 '산고수려(山高水麗)'의 뜻으로 해석한 것과 같은, 후세 문사가 억지로 끌어다 붙임이며 본 뜻이 아니다. 《관자》에 '8천리의 발조선(發朝鮮)', '발조선은 조공하지 않는다', '발조선의 문신(文身)'…등의 말이

있고, 《사기》와 〈대대례(大戴禮)〉에 '발숙신(發肅愼)'이 있다. '발숙신'이 곧 '발조선'이라 '조선'과 '숙신'의 한가지 명사가 둘로 번역됨이 명백한데, 건륭제(乾隆帝)의 《만주원류고》에 肅愼의 본음을 '주신(珠申)'이라 하고 관할 경계라 하였으니, 그러면 조선의 음도 '주신'이고 관할 경계란 뜻이 됨이 명백하다.

② 삼조선은 고구려사에 단군·기자(箕子)·위만을 삼조선이라 하였으나, 이는 역대를 구별하기 위하여 가설한 삼조선이지만, 떠돌아다니는 도둑떼의 우두머리인 위만이 역대의 하나가 됨이 우스운 일이다. 이밖에 따로 실제로 있었던 조선이 나왔으니, 《사기》 조선열전에 '처음 연(燕)의 전성시에 진번조선을 침략하여 소속시켰다' 한 것을 서광(徐廣)이 가로되, 진번은 때로 진막(眞莫)이라 하고, 색인에는 진번을 두 나라로 증명하였다. 그러면 진막도 두 나라가 되어 진·번(番)·막이 곧 삼조선이다. 중국 사람이 다른 나라의 이름을 쓸 때에 번번이 글이 글자를 따라 어울림을 구하여, 길고 짧음을 마음대로 하는 폐단이 있다(불경 번역에 이런 유가 더욱 많음). 그러므로 진번막조선(眞番莫朝鮮)이라 쓰지 않고, 혹은 '莫'자를 버려서 '진번조선'이라 하고 혹은 '番'자를 제거하여 '진막조선'이라 함이다. 이것이 이른바 진·번·막 삼조선이니, 진·번·막은 곧 진(辰)·변(弁)·마(馬)요 삼한(三韓)의

'韓'은 '크다(大)'와 '하나'의 뜻으로 임금의 명칭이 된 것이니, 건륭의 《만주원류고》에 이른바 '韓'은 벼슬 이름이며 나라 이름이 아니라 함이 근사한 해석이다.

眞·番·莫이나 辰·弁·馬는 모두 '신' '불' '말'로 읽을 것이니, 眞·番·莫 삼조선은 기준이 남쪽으로 옮기기 이전 북쪽 지방에 있던 전삼한이다. 그러니 眞·番·莫 삼조선은 '신' '불' '말' 삼국이란 뜻이고, 辰·卞·馬 삼한은 '신' '불' '말' 세 임금이라는 뜻이다. 다 같이 '신' '불' '말'의 번역이라면, 어찌하여 하나는 眞·番·莫이 되고 또 하나는 辰·弁·馬가 되었는가. 이는 이두문 초창 시대를 면치 못할 일이다. 다 같이 신라본기에 보인 '쇠뿔한'이지만 '서불한(舒弗邯)' '서발한(舒發翰)' '각간(角干)'이라는 다른 글자를 쓰고, 다 같이 고구려말 '마리'인데 '대로(對盧)' '막리지(莫離支)'라는 다른 자를 썼다. 만일 직관지(職官志)에 각간 일명 서불한 또는 서발한이란 기록이 없으면, 어찌 角干의 '角'이 양각(羊角)·녹각(鹿角)·장각(獐角) 등의 角이 아니고 우각(牛角)인 '쇠불'의 뜻인 것을 알 수 있으랴. 만일 김유신전에 연개소문을 대대로라 한 문자와 고구려 고기에 '개소문 대막리지'라 한 문자가 있지 아니하면, 어찌 對盧의 '對'—'마주'의 초성을 찾아서 대로가 막리지와 동일하게 '마리'로 발음되는 줄 알겠는가. 동일한 신라본기와 삼국 고기로도 이와 같이 뒤섞여 복잡함이 있거늘, 하물며 6백년 전 진개가 입구하였을 때 얻어 전한 전삼한의 이름 '신' '불' '말'이 연국의 역사 기록으로부터 사마천의 《사기》에 옮겨져 진·번·막이 되고, 6백년 후에 관구검이 입구하였을 때 주워 간 후삼한의 이름 '신' '불' '말'이 진·변·마가 됨이야 무슨 기괴하게 여길 것이 있으랴.

《관자》의 발조선은 삼조선 중의 '번조선(番朝鮮)'이며 《설문(說文)》의 낙랑번국도 번조선일 것이다. 대조영(大祚榮)의 나라 이름 진(震)은 진한(辰韓)이나 진국의 辰에서, 궁예의 국호 마진(摩震)은 마한·진한에서 뜻을 취했을 것이다. 《송서》에는 진한·마한을 '진한(秦韓)' '모한(慕韓)'이라 하여 그 가져다 쓴 한자가 서로 같지 않으니, 이와 같은 것은 번번이 연혁에서 이름을 찾아야 한다.

(3) 전삼한의 명칭

삼조선의 명칭은 삼경(三京)에서 비롯한 것이며, 삼경은 《고려사》 신지비사(神誌秘詞)에 보인 부소량(扶蘇樑)·오덕지(五德地)·백아강(百牙岡)이니 이른바 단군삼경이 이것이다. 삼경은 조선 고대 종교의 대상인 삼신으로 말미암아 비롯한 것이니, 삼신은 곧 고기(古記)에 보인 바 환인(桓因)·환웅(桓雄)·왕검의 삼신이다. 다만 그 고기가 불교도의 찬집이므로 가슬라(加瑟羅)를 가섭원(迦葉原), 비처왕(毗處王)을 소지왕(炤智王), 기타 모든 명사를 불서의 것으로 마구 고쳤듯이, 환인·환웅 두 명사는 《법화경》의 석제환인(釋提桓因)이나 석가의 딴 이름인 대웅(大雄)에 맞추어 개작한 이름이며 본래의 명칭은 아니다. 《사기》 봉선서(封禪書)에 '삼일신은 천일(天一)·지일(地一)·태일(太一)…삼일신 중에 태일이 가장 귀하고 …오제(五帝)는 태일의 보좌이다' 했으니, 천일·지일·태일은 곧 삼신의 다른 이름이다. 굴원(屈原)의 구가(九歌)에 '동황태일(東皇太一)'이란 노래 이름이 있으니, 태일 등 삼신의 이름이 사마천 이전부터 중국에서 유행되었음을 볼 수 있고, '계극빈상(啓棘賓商)의 구가가 이 노래이다'의 구(句)로 미루어 보면 '동황태일'의 노래 이름이 굴원 이전의 고대로부터 중국의 연해 민간에 유행되었음을 알 수 있다.

대개 조선 고대에 산동·강소 등지로 이주한 백성, 곧 그들의 역사에 이른바 구이(九夷)가 삼신의 이름을 전하니, 한족이 한자로 번역하여 혹은 노래 이름, 혹은 신조(信條)에 오른 것이다. '신'의 번역이 '크다(太)'가 됨은 전술했거니와 太一은 '신한', 天一은 '말한', 地一은 '불한'의 뜻일 듯하다. '신' '불' '말' 삼한에서 '신한'을 첫자리에 둠은 봉선서의 '삼일신 가운데 태일이 가장 귀하다'는 뜻이며, '신한' 아래에 높은 벼슬아치 다섯을 두어 오가

(五加)라 했으니, 이는 다섯의 국무대신이다. 전국을 동·남·서·북·중 5부(部)로 나누어 5가가 군·민 두 정치를 나누어 맡아 처리하고, 때때로 각각 본도(本道)에 나가 머물러서 '사리'라 칭하였는데, 살(薩)·사자(使者)·사리(舍利) 등이 그 번역이며, '사리'는 '나가서 머무르다'는 뜻일 것이다. 난시에는 다섯 사람이 전쟁에 관한 일을 분담한 다섯 대장(大將)이 되어 '크치'라 했는데, 견지(遣支·遣智)·검측(儉側)·대형(大兄) 등이 그 번역이며, '크치'는 '대장'의 뜻일 것이다. 다섯 신하가 '신한'을 보좌함은 봉선서에 '오제는 태일의 보좌이다'의 뜻이니, 이는 상고에 미신인 신의 세계를 인간사에 응용하였는데, 3왕·5가가 3경·5부를 관할한 삼두(三頭)·오비(五臂)의 관제(官制)이다. 그 상세함은 차후에 별도로 논하려 한다. 삼국 시대의 진왕(辰王)·太王·大王은 다 '신한'의 번역이다. 고구려는 태왕 아래에 '부리' '마리'의 좌우 보좌를 두어 삼일신을 본떴으며, 국내·평양·한성을 3경이라 하고, 전국을 순나(順那)·소나(消那)·관나(灌那)·절나(絶那)·계나(桂那) 등 5부로 나누었으니, 또한 조선이 남긴 관제의 유형이다. 신라와 백제는 3두·5비에 1비를 더하여 3두·6비가 된 것이다.

(4) 전삼한 창립자 단군

최근 어윤적(魚允迪)이 지은 《동사연표(東史年表)》의 "《계림유사(鷄林類事)》에 이르기를 단(檀)은 배달(倍達), 국(國)은 나라(邦羅), 군(君)은 임검(王儉)"이라 하여 단군을 '배달 나라 임금(검)'이라고 풀이하였다. 그러나 《계림유사》는 이미 잃어버려 없어지고 오직 도종의(陶宗儀)의 《설부(說郛)》에 게재한 고려의 말 몇 마디뿐이 남아 있는데, 여기에 그런 말이 없으니, 그 저자가 어디에서 이를 인용하였는지 갑자기 믿기 어렵다. 《동사강목》고이(考異)에는 "《삼국유사》에 신단의 나무 아래에 내리어 이름을 단군(壇君)이라 하였으나, 《고려사》지리지에는 단목(檀木) 아래에 내리어 이름을 단군(檀君)이라 하였다 했는데, 《동국통감》에서 《고려사》를 좇아 檀君이라 하였으므로 이제 이를 따른다"하였다. 이와 같이 壇君의 壇이 원래 나무 목(木) 변의 檀이 아니고 흙 토(土) 변의 壇인 것은, 순암 선생 같은 깊고 침착한 학자도 옳고 그름을 캐지 않고 세력을 따랐으니 괴이한 일이다.

《삼국지》삼한전에 의거하면, 마한 열국이 각각 여러 읍을 설치하여 소도(蘇塗)를 세우고 천신의 제사를 주재하는 사람 하나를 두어 천군(天君)이라 이름하며, 죄인이 소도의 읍에 도망하여 들어오면 찾아서 돌려 보내지 못한다고 하였다. 또 그 게재한 54국 가운데 '신소도

(臣蘇塗)란 1국이 있는데, 소도는 '수두'로 고어에 신단을 가리킨 말이다. 열국의 '수두'는 곧 열국의 신단이고, 신소도는 '신수두'이니 열국의 신단을 총관하는 최대 신단이 있는 나라를 가리킨 것이다. 지금까지 관북 지방에는 몇 마을이 연합하여 큰 나무숲을 에워 금줄을 매고, 그 이내를 신단이라 일컬어 대제를 행한다. 비록 고금의 변천이 없지 못할 것이나, 오히려 그 의식(儀式)의 편린을 전한 것이다. 대개 단군왕검이 이와 같은 나무숲의 신단— '수두' 아래에 나타나서 시대의 방편을 따라 3신·5제의 신계(神界)를 설하며, 자기가 곧 3신의 하나인 '신한'의 화신(化身)이라 일컫고, 조선이라 이르는 매우 작은 나라를 세웠다. 그 신단이 흙이나 돌로 쌓은 것이 아니고 자연 수림의 신단이라, 土변의 壇을 써서 壇君이라 하지 않고 木변의 檀을 써서 檀君이라 하면, 자단(紫檀)·백단(白檀)의 '檀'이 아니라 새로 자의(字義)를 내어 '수두나무 단'이라 함이 옳은 것이다.

흉노전에 보면 흉노는 제단 있는 곳을 휴도국(休屠國)이라 했는데, 휴도는 곧 '수두'일 것이고 또한 수림의 제단이므로 한(漢) 때 사람이 이를 위청전(衛靑傳)에 농성(籠城)이라 하였다. 뒷날에 편의로 초두(草頭)를 떼어 버려 용성(龍城)이라 하였으니, 《사기》《한서》《후한서》《진서》 등에 보인 모든 龍城이 이것이다. 흉노도 조선 민족과 원래 같은 근원이거나 그렇지 않으면 태고에 혹 동일한 치하에 있던 시대가 있는 듯하다. 어떤 때는 '신수두'로써 삼조선 전토의 명칭을 삼았으므로, 신지(神誌)의 진단구변국도(震壇九變局圖)가 있는 것이니, 震壇의 '震'은 '신수두'의 '신'의 음이고, 震壇의 '壇'은 '신수두'의 '수두'의 뜻이다.

왕검(王儉)은 王의 반뜻 '님'을 취하고 儉의 전음 '금'을 취하여 '님금'으로 읽은 것이다. 혹 '王'자가 이미 '님금'의 뜻인데 무슨 까닭으로 반뜻만 취하였는가 하겠지만, 《삼국사기》 소지(炤智)의 주에 한편 비처(毗處)라 함을 보면 '炤'자가 이미 '비치'라는 뜻인데, 구태여 智자를 더하여 '비치'로 읽은 것과 같은 것이다. 《삼국사기》 중에 이와 같은 예를 찾으려면 매우 많으나 번거로이 들지는 않겠다. 조선 1세 건국자의 이름이 '님금'이므로 역대 제왕의 존칭을 님금이라 한 것이니, 이는 기괴한 중국 주공(周公)의 휘명법(諱名法)이 수입되기 이전의 일이다. '님금'은 신단의 제사를 주재하는 사람을 일컬음이고, '신한'은 정치하는 우두머리의 명칭이다. 신단 제사를 주재하는 사람이 곧 정치의 원수가 되는 때였으니, 님금이 곧 신한의 직권을 아울러 가졌을 것은 물론이다.

혹은 이르되, 인도 범어(梵語)의 스투파(stupa)가 조선에 들어와 '수두', 일본에 들어가 '소도바', 중국에서 탑

(塔)이 되었다 하니, 이것도 한 가지 참고할 말은 된다. 그러나 한둘이 우연히 같음으로써 그 근본이나 출처를 판정함은 너무 갑작스러운 의론이라 하겠다. 희랍사를 읽으면, 중앙에 대'떨피(Delphi)' 신전을 가진 떨피국이 있고, 열국에 각각 소'떨피'의 신전이 있었다 하니, 이것이 조선의 '신수두'와 같지 아니한가.

페르시아 역사를 읽으면, 전국을 통어하는 대왕이 있고 대왕 아래에 여러 소왕들이 있었다 하니, 이것이 삼국 시대 태왕의 아래에 각 소왕이 있었음과 같지 아니한가. 서양 중고에 예수교의 무사단(武士團)에서 여자를 교사로 삼았다 하니, 이것이 신라의 원화(源花)와 같지 아니한가. 이집트 고대에 태양일의 수(數)인 360 남짓을 쓰기 좋아하여 나일강의 본명에도 '360 남짓'이란 뜻이 있다 하니, 단군 고기의 '곡식·생명·형벌·선악 등, 대개 인간의 360 가지 일을 주관하다' 함과 《여지승람》에 기록한 '360여 궁(宮)'이 또한 그와 같지 아니한가. 이것들은 모두 이 논문의 범위가 아니라 그만하거니와, 역사는 시대와 경우를 따라서 성립하는 것이니, 비록 너더분하고 자질구레한 미신의 기록이지만 '수두'와 그 교(敎)의 취지에서 나온 3경·5부의 건설된 원인을 알아야 삼조선의 고사를 말할 수 있을 것이다.

⑸ 전삼한의 강역과 연대

이때까지 서술한 것은 겨우 전삼한, 곧 삼조선이 존재한 실증, 그 건립된 원인과 그 국제(國制)의 대략뿐이거니와, 여기에는 세 가지 문제가 따른다. 첫째 삼조선의 범위다. 범위에도 두 가지 구별이 있으니 삼조선 각각의 범위요, 삼조선 전체의 범위다. 전자의 구별은 명백히 말할 수 없으나 ①《만주원류고》에 요동의 번한현(番汗縣)을 변한의 옛 땅으로 지정함이 이치에 거의 맞게 가깝다. 대개 삼조선 가운데 '불한'의 관할 경계가 가장 중국과 가까웠으므로 '발조선'이란 명사가 가장 먼저 중국 사람의 서적에 보인 것이다. 연(燕)의 임금 희(喜)가 조선을 침략하여 영평부의 노룡현(盧龍縣)을 요서라 하고, 그 이동을 요동이라 하였으니, '불한'의 서울을 당시에 안으로 옮겼으나, 당초에는 요하(遼河) 이서와 개원(開原) 이북이 모두 번조선의 옛 땅이었을 것이다. ② 후삼한 가운데 변·진한은 옮겨 왔으나 마한은 본토에 있었던 것이니, 마한의 전신(前身)인 막조선은 알기 쉽다 하겠다. 다만 위만의 난에 임진강 이북을 모두 잃었으니, 그 본토 전체로 말하면 대개 압록강 이동이 모두 그 옛 땅이었을 것이다. ③ 신한의 옛 땅은 가장 파악할 수 없으나, 신한은 님금의 겸임이라 왕검, 즉 현 해성현(海城縣)이 그 서울이라 하면 요동반도와 길림 등지가 곧

'신한'의 부분인 진조선의 옛 땅이었을 것이다. 그러나 삼조선이 맺고 끊은 듯하게 각각 다른 국가가 아니라, 다만 '신한'의 통치하에 다소 구별이 되는 국가였을 뿐이다.

《동국총목(東國總目)》의 '단군 강역이 북으로는 흑룡강, 남으로는 조령(鳥嶺)에까지 이르렀다' 함이 삼조선 전체의 강역이 될 것이지마는, 흑룡강·조령 등은 고대 명칭이 아니니 고사에서 나온 기록이 아니고 후세 사람의 억설이다. 그러나 후삼한의 진·변이 옮겨오기 이전에는 조령 이남이 거의 거칠고 쓸쓸하여 사는 사람이 없었을 것이니, 《총목》의 억설이 대개 이치에 거의 가깝다. 《문헌비고(文獻備考)》에 고죽(孤竹: 영평부)이 춘추 이후에 조선 소유가 되었다 하였으나, 이는 백이(伯夷)를 한족으로 알아서 그 본국인 고죽을 한족의 나라로 본 것이다. 건륭의 《도서집성(圖書集成)》에는 고죽을 북이(北夷)라 하고, 고염무(顧炎武)의 《수문비사(修文備史)》에는 고죽을 구이(九夷)의 하나라 하였다. '夷'가 비록 막연한 명사이나 한족이 아님은 명백하니, 진개(秦開) 전쟁 이전에는 고죽이 조선의 일부였음이 명백하다 하겠다. 《사기》 흉노전에 "곧바로 상곡에서 가는 까닭은 동쪽으로 예맥조선과 접했기 때문이다" 하였으니, 조선·중국·흉노의 분계를 이로써 대강 알 것이다.

둘째는 삼조선의 연대이다. 지금 세상의 사람이 보통 조선 건국부터 전갑자(前甲子)까지 4천 2백 50년이라 한다. 왕검 이후로부터 동·북부여 분립 이전까지 그 사이 아득한 긴 세월의 사적이 전부 어지러져 불완전한 이것을 어디에서 고증했는가 하면, 고기에 '단군과 요(堯)임금이 모두 무진년에 세웠다' 한 것을 의거하고, 소강절(邵康節) 《경세서(經世書)》의 당요(唐堯) 이래 연대표에 따라 정한 해다. 그러나 《경세서》에 적힌 연대를 믿을 것이냐. 사주(四柱)를 보는 자가 미래의 살 나이를 내면 한 살부터 70·80세까지 내지만 그 나이가 꼭 맞는 것은 아니다. 중국 연대를 사마천 《사기》에 주공(周公)·소공(召公)의 공동 정치로부터 연표를 비롯함은, 그 이전에 지난 햇수를 알 수 없는 까닭이거늘, 소강절이 자기가 자랑하는 상수학(象數學)으로 아무 증거도 없이 상(商)이 몇 백 몇십 년, 주(周)가 몇백 몇십 년, 심지어 아무 제(帝)는 재위 얼마, 아무 왕은 재위 몇 년… 등으로 옛 나라와 옛 제왕의 사주를 내었다. 이런 것을 증거의 실재(實在)로 삼아 중국 연대 중 당요의 기원(紀元)에 대조하여 단군의 연대를 알려고 함은 어리석은 짓이다.

고구려의 기록으로부터 전한 《위서》의 '2천 년 전에 단군왕검이 있어 아사달에 나라를 세웠다' 하는 본문의 전부를 잃고, 오직 열 몇 자의 끊긴 구로 전하는데, 그대로 믿을 만한 확실한 가치가 있고 없고 간에 오히려 조선의 고기라 하니, 고구려로부터 그 이전 2천 년이면 대개 지금으로부터 4천 년 내외라, 이와 같은 수(數)를 이룸이나 기록을 남김이 옳다. 기자(箕子)도 《경세서》의 주 무왕 연대와 대조하여 지금으로부터 몇 년이라 하지만, 무왕 연대도 당요의 연대와 같으며, 기씨(箕氏)·선우씨(鮮于氏)의 족보에 인하여 기자를 태조 문성왕(太祖文聖王)이라 하고, 그 이하 마한까지의 시호와 지난 햇수를 상세히 갖추었다. 그러나 태조 문성왕의 시호가 없으며, 혹은 후세 임금의 추존(追尊)이라 하나, 조선에서 시법(諡法)을 씀이 삼국 말엽에 비롯하였거늘, 이제 그 이전 마한 때에 시법이 있었다 함도 안 되는 말이니, 기자는 지금으로부터 3천 년 내외에 조선에 건너온 인물로만 아는 것이 옳다.

셋째는 조선의 흥망과 변천된 사적이다. 이는 재료가 연구할 여지를 주지 않는 가장 어려운 문제인데 이 문제를 또한 이분한다. ① 단군과 기자의 갈아서 대신함, 즉 기자가 일개 중국 망명객으로 들어와서 어떻게 단군을 대신하여 임금이 되었는가 하는 문제다. 단(壇)은 '수두'이고 '수두'는 고대에 조선 전체를 총칭한 이름임은 이미 전술하였다. 그때 제왕은 오직 제1세 왕검과 제2세인 부루(夫婁)가 고기에 보일 뿐이고, 기자와 그 후예라 일컫는 조선왕 부(否)와 준(準)은 《조선사략》에 보였으나, 기실 기자의 일은 《사기》《한서》와 소설류의 《삼재도회(三才圖會)》에서, 부와 준의 일은 《위략》에서 뽑아낸 것뿐이다. 이조 이전에 조선 사람의 붓으로 쓴 기자의 사실은 겨우 《삼국유사》에 '단군(壇君)… 기자를 피하여…'의 열 몇 자이며, 《삼국사기》에 '기자는 주(周)의 왕실에서 봉함을 받다[箕子受封於周室]' 하는 일곱 자가 쓰였으니, 이는 《사기》에 적힌 것을 뽑아 기록한 것이다. 신라 말엽에 유일무이한 중국 숭배자로 《제왕연대력(帝王年代曆)》을 지은 일종 사가(史家) 최치원(崔致遠)도 아예 한마디 말도 기자에게 미침이 없음은 무슨 까닭인가. 《위서》에 단군왕검을 적었는데 그것과 같은 때의 저작인 《삼국지》와 《위략》에는 왕검을 빼고 기자만 실어서, 부여·고구려 등의 문명을 기자에게 공을 돌아가게 하였음은 무슨 까닭인가. 《유사》의 말과 같이, 단군이 자리를 물리어 기자에게 주었다 하면 신단 수립의 권위가 이미 쇠퇴한 징후이거니, 기자 이후 천여 년에 해모수(解慕漱)·해부루·고주몽(高朱蒙)을 모두 단군 혹은 단군자라 칭함은 무슨 까닭인가. 또는 삼국 초엽까지 조선 전체를 진단(震壇)이라 부르는 이름이 남아 있는 것은 무슨 까닭인가. 중국사에 조선에 관한 무슨 말이 있으면, 그것을 가져다 조선사의 어느 책장에 집어 넣고, 만일 피차의 기록이 서로 모순되면 자기의 추측으로 한두 자를 고쳐 바로잡거나 덧붙여서, 없는 사실을 날조함은 고려 때 사가의 관습이니, 《유사》의 '단군이 기자를 피하다'가 어찌 이와 같은 것이 아닌가. 그러나 명백한 반대 증거가 없는 이상에는 한 가지 의문으로 고대의 기록을 깨치지 못할 것이라, 아직 특별한 발견이 있기 전에는 기씨 연대를 그대로 두고 볼 일이다.

② 삼조선의 결말, 즉 삼조선이 일시에 함께 망했느냐, 전후로 각각 망했느냐의 문제다. 《사기》 조선전에 '처음 연(燕)의 전성시에 진번조선을 침략하여 소속시켰다' 했으니, 이것이 아마 삼조선의 최후이리라. 이는 곧 진개가 입구하여 만번한(滿潘汗) 이북 2천 리를 잃었던 때의 일이다. 만번한은 곧 《한서》 지리지에 보인 문·번한(文番汗)의 두 현이고 번한은 전술한 《만주원류고》에 이른바 변한의 옛 터, 즉 '불한'의 서울이다. 근세 유학자들이 2천 리를 잘못 고증하여, 만번한을 대동강 이남에서 찾았으므로 졸저 〈평양패수고〉에 이미 명백히 변증하여 현 대동부로부터 열하 등지를 지나서 요동까지 2천 리임을 논술하였다. 여기에 더 거듭 싣지 않거니와 이는 삼조선 건국 이후 미증유한 대외 전쟁의 실패이며 삼두(三頭) 정치 붕괴의 동기가 되었다.

신조선[眞朝鮮]이 붕괴하여 삼국이 되었는데, 그 하나

는 홍경현(興京縣)·환인현(桓仁縣) 등지로 들어가 불조선[番朝鮮]의 유민과 연합하여 진번국(眞番國)이 되고, 또 하나는 경상 우도로 들어와 변진국(弁辰國)이 되었다. 전자는 신조선 유민이 주(主)가 되고 불조선 유민이 부(副)가 되어 진번이라 이름하고, 후자는 불조선 유민이 주가 되고 신조선 유민이 부가 되어 변진이라 이름하였다. 이는 대개 인구의 많고 적음으로 선후 차례를 정한 이름인 듯하고, 또 하나는 단순한 신조선의 유민들이 경상 좌도로 건너가 진한 육부를 건설하니, 이 가운데 진한과 변한은 다 마한이 남쪽으로 옮긴 뒤의 일이라, 다음 절의 〈후삼한고〉에 상술하려 한다.

'신' '불' 두 조선의 또 일부 백성이 뒷날에 연의 도적 위만에게 따라 붙어서 위만조선이 성립했는데, 위만전에 이른바 '진번조선과 만이(蠻夷)를 지배하였다'와 '그 곁의 소읍을 침략하여 항복받으니, 진번·임둔이 모두 와서 굴복하여 붙좇았다' 함이 이를 가리킴이다. 말조선은 '신' '불' 두 조선이 대패하여 멸망한 끝에, 호로 진개의 방어에 성공하여 조선이란 이름을 보전하였다. 또 조선왕 부는 진시황이 중국을 통일한 후에 만리장성의 위세가 온 세상을 전율케 할 때에, 정병을 뽑아 요새를 지켜서 불완전한 강산이나마 보전하였다. 그러나 못난 아들 준이 왕위를 이어서, 위만을 신임하여 서쪽 변두리 땅을 떼어 주고 방어를 허락했다가, 마침내 역공을 당하여 남쪽 지방으로 달아나 '조선'이란 이름을 버리고 다만 '말한'이라 칭하였다. 이것이 《삼국지》와 《삼국사기》의 이른바 마한이니, 마한·진한·변진은 다 전삼한의 후신으로 남쪽 지방에 다시 세운 삼한이다. 내가 창시한 이름으로 후삼한 혹은 남삼한이라 정하고, 그 상세함은 다음 절의 〈후삼한고〉에 보인다.

3. 후삼한—《삼국지》에 보인 삼한— 라(羅)·가(加)·제(濟) 삼국

(1) 후삼한 고증에 대한 선대 유학자의 오류

한구암·안순암·정다산·한대연(韓大淵 : 치윤) 숙질 등 여러 선생이 비록 전삼한이 있었음을 알지 못했으나, 진·변·마 삼한을 곧 신라·가라·백제라 하여 최고운(崔孤雲 : 치원)의 신라·고구려·백제 삼국에 분배한 삼국설을 깨뜨려, 후삼한의 강역을 정돈한 공은 적지 않다. 그러나 그 중에도 후학인 나의 교정을 기다리는 다소의 오류가 없지 않으니, 그 제반 오류가 아래에 열거한 세 가지 큰 오류에서 원인한 것이다.

① 참고서의 잘못이다. 범엽 《후한서》의 동이열전은

곧 진수《삼국지》의 동이열전을 뽑아서 적은 것이니, 그 실례의 하나를 들어 보인다. 《삼국지》 고구려전(?)에 '왕기(王頎)가 별도로 군사를 보내어 궁(宮)을 치고…그곳 노인에게 묻기를[問其耆老] 이곳에 사람이 있느냐 하니… 한 선비가 바다 가운데서 나왔는데… 양 소매의 길이가 3장(丈)이고… 목 가운데 또 낯이 있었다' 하였거늘, 범엽의 《후한서》에는 '그 노인이 말하기를[其耆老言]…'이라 하였다. 왕기는 조위(曹魏)의 장수이고 궁(宮)은 고구려 동천왕의 이름 위궁(位宮)의 준말이니, 다 후한 이후의 사람이므로 '왕기' 이하 13자를 지워 버리고 고구려(북옥저) 노인이 스스로 말했다고 지어 《삼국지》의 것을 취하여 적었다. 이와 같은 역사적 가치가 없는 요괴담의 초록이야 우리에게 무슨 상관이랴마는, 초록뿐이면 오히려 좋겠으나 이제 중대한 기록을 고쳤다. 《삼국지》에는 "준(準)… 그 궁녀들을 거느리고 남쪽으로 들어가[入海] 한의 땅에 살면서 스스로 한왕(韓王)이라 하였다. 준이 뒷날 멸망하여 없어졌는데, 지금 한의 사람으로 그의 제사를 받드는 자가 있다" 하고, 《후한서》에는 "준…그 나머지 무리 수천 명을 거느리고 남쪽으로 도주하여 들어가 마한을 쳐서 파괴하고 스스로 한왕이 되었다. 준이 뒷날 멸망하여 없어졌는데, 마한이 다시 스스로 진왕(辰王)을 세웠다"라고 하였다. 진수·어환·왕침 등은 다

관구검과 동시대의 사람으로, 검이 가져 간 고구려의 기록을 얻어 보았을 것이니, 범엽의 고침이 어찌 미치광이 짓이 아니랴. 그런데, 선대 유학자들이 다만 후한이 삼국의 전 시대인 줄만 알고, 《후한서》 저자 범엽이 《삼국지》 저자 진수의 뒤인 것은 미처 생각지 못하였던지, 번번이 《후한서》에 보인 삼한을 주요 재료로 삼고 《삼국지》는 도리어 보조로 인용하였다.

② 편벽한 믿음의 잘못이다. 당 태종이 중국 고사 중 조선에 관한 기록을 함부로 지우거나 위조하였음은 이미 전술하였거니와, 그뿐 아니라 당 태종으로부터 1백여 년 뒤인 당 덕종 때의 가탐(賈耽)은 그의 이른바 사이(四夷) 연구의 전문가로서 더욱 조선과 중국 관계를 잘 아는 자였다. 그 저서 《사이술(四夷述)》의 서에 '현도·낙랑은 한의 건안 때에 함락되었다' 하여, 두 군이 고구려에 함락됨을 한탄했거늘, 이제 《후한서》에는 그와 비슷한 말도 없고 《삼국지》에는 공손강(公孫康)이 둔유현(屯有縣) 이남의 땅을 나누어 대방군으로 삼았다고 했을 뿐이다. 또 위(魏)의 명제(조예)가 대방 태수 유흔(劉昕)과 낙랑 태수 선우사(鮮于嗣)를 보내어 바다를 건너서 두 군을 평정했다 하여, 대방·낙랑이 이왕에 공손연(公孫淵)에게 함락되었음을 말하였다. 그러나 대방이 현도가 아니며 공손연이 고구려가 아니니, 이를 곧 가탐이 말한 것

으로 간주함은 옳지 않다. 그러면 진수·범엽 등이 종족적 편견으로 현도·낙랑이 함락된 큰일을 궐함이 아니면 곧 후세 사람이 함부로 지운 것이다. 또 삼한전에 '부종사(部從事) 오림(吳林)이 낙랑이 본래 통치하는 한국을 진·한 8국으로 나누어 낙랑에 주었다.…두 군이 드디어 한을 멸하다' 하였다. 아랫글에 의거하면 진한의 온 나라 수가 12개인데 8국을 빼앗아서 4국만 남았다가 후에 그 4국까지 멸함이니, 그러면 신라 왕국이 어디에 존재하였던가. 그런데 선대 유학자들은 번번이 고기의 단편적인 글은 다 버리고, 오직 《후한서》《삼국지》 등을 의지하여 고사를 단정하려 하였다.

③ 해석의 잘못이다. 진한(辰韓)·진왕 등의 '辰'과 신소도(臣蘇屠)·신분활(臣濆活)·신지(臣智)·신견지(臣遣支)·신운신국(臣雲新國) 등의 '臣'은 그 음이 '신'인데 '으뜸' '모두'의 뜻으로, 삼국 시대 사람이 이를 '크다[太]'라고 번역한 것이다. 비리(卑離)는 '불'이니 '평지' '도회'의 뜻으로, 백제 지리지의 부리(夫里)·부여(扶餘) 등이 다 같은 음, 같은 뜻이다. 구야(狗邪)·안야(安邪)·미오마야(彌烏馬邪) 등의 '邪'는 그 음이 '라'니 가락(駕洛)의 '洛'과 가라(加羅)의 '羅'가 같은 음이거늘 선대 유학자들이 이두자의 해석을 몰랐다. '준…입해(準…入海)'는 곧 조선 남방을 가리킨 것이니, 중국 사람이 고대에 섬이나 반도를 모두 해(海) 혹은

해중(海中)이라 했으므로 조선에 응용한 것이다. 《한서》에 '조선은 남쪽의 중앙에 있는데 월(越)의 무리가 이것이다'와 '연(燕)이 그들을 치니 조선은 멸망하여 남쪽으로 들어갔다' 등에서 볼 수 있거늘, 선대 유학자들은 번번이 준이 바다에 떠서 남쪽으로 달아났는 줄 알았다.

제①의 잘못으로 인하여 오류가 생긴 것이 또한 두 가지다. 첫째, 마한은 전·후 삼한을 통하여 기씨 일성(一姓 : 부와 준을 기자의 후예라 하면)뿐이거늘, 선대 유학자들이 《후한서》에 의거하여 준이 공파하기 이전의 마한을 원래 있던 마한이라 하고, 공파한 마한을 기씨가 소유한 마한이라 하며, 진왕(辰王)이라 자칭한 마한을 기씨가 멸망하여 없어진 뒤의 마한이라 하여 세 마한으로 나누었다. 둘째, 선대 유학자의 말에 중국 21사(史)의 조선열전이 모두 당대에 함께 선 이웃 나라를 기재한 것이니, 《후한서》나 《삼국지》의 삼한도 곧 중국 후한과 삼국 시대에 상당한 라·가·제 삼국이며, 그 백년 혹은 천년 전의 삼한이 아니라 하여, 역대 사가가 《후한서》와 《삼국지》에 보인 사실을 라·가·제 삼국 이전에 대하여 찾으려는 어리석은 짓을 갈파함은 참으로 아주 명확한 견해라 하겠다. 그러나 다만 《후한서》로 인하여 마한을 셋으로 나누어 진왕의 마한을 최후의 마한으로 알았다. 이에 백제를 조치할 곳이 없으므로, 드디어 백제본기의 온조(溫祚)가 마한을 멸한 사실을 부인하고, 진수·범엽이 저서하던 때, 곧 백제 건국 2백년 후까지도 마한이 따로 있었음을 주장하여, 근거 없는 글로써 전대의 2백년 수명을 연장하였다. 그리하여 진·변한을 신라와 가라로 인정하고, 백제만 삼한권(三韓圈) 밖에 몰아내어 연대와 사실의 큰 착오를 이루었다.

 제②의 잘못으로 인하여 오류가 생긴 것도 두 가지다. 첫째, 진한을 진(秦) 사람들이 부역을 피하여 온 것이라고 한 헛된 고증은 이미 밝혀 논하였거니와, 선대 유학자들은 진수·범엽 등의 기록을 신용하여 드디어 진한을 중국 사람의 자손으로 인정하였다. 그러면 어찌하여 진한에 중국의 언어·문자와는 비슷하지도 않은 '사로(斯盧)' '기저(己柢)' '불사(不斯)' 등의 나라 이름이 있느냐 하는 의문이 생긴다. 이에 《해동역사(海東繹史)》지리고에는, 진한의 이름은 진(秦) 사람들이 부역을 피하여 동쪽으로 온 것에 말미암아 생기고, 육부의 이름은 위만의 제2세인 우거(右渠)의 백성들이 이주한 뒤에 비롯한 것으로 말하였다. 이와 같이 진한이 진 사람들의 이주한 한국이라고 해석한다면, 《삼국사기》혁거세 원년에 '진(辰)의 사람들이 표주박을 박(朴)이라 하다' '거서간(居西干)은 진(辰)의 말에 어른을 일컬음이다' 한 '辰'도 모두 진(秦) 사람이라는 '秦'일 것인데, 어원학상으로 고구하여 '朴'이나 '居西干'이 결코 고대 중국 사람의 언어가 아니다. 둘째, 《삼국지》에는 '후(侯) 준(準)이 이미 이름을 바꾸어 왕이라 칭하다' 하여 기자의 자손이 대대로 후작이었다가 준에 이르러 비로소 칭왕한 줄로 말하며, 《위략》에는 '조선후가 주(周)가 쇠해져서 연(燕)이 스스로 높여 왕이라 함을 보고⋯ 또한 자칭 왕이라 하다' 하였다. 《삼국지》나 《위략》에 적힌 사실이 모두 관구검이 전한 것이련만, 이 1절이 모두 각각 다름은 각기 중국을 높이는 습관으로 사실에 위반되는 사실을 쓴 것이 명백하다. 그렇거늘, 이런 변박이 없음은 고사하고 선대 유학자 중에는 간혹 진왕(辰王)의 '辰'자를 인신(人臣)의 '臣'으로 써서 신하로 예속된 후왕(侯王)이란 뜻으로 허황하게 해석한 이가 있다.

제③의 잘못으로 인하여 생긴 오류가 더욱 허다하다. 이제 간략히 거론하면 첫째, 진국을 진한 이외에서 찾아 삼한 이전에 '진'이란 한 나라가 있었던 줄 알았다. 둘째, 진왕을 태왕(太王) 이외에서 찾아 진국이라는 특별한 일국의 왕으로 오인하였다. 셋째, 따라서 진왕·신소도 등의 본뜻을 몰라 삼한의 관제(官制)·풍속 등을 거의 잘못 고증하였다. 넷째, 한강 남북을 갈라 북쪽은 조선이 되고 남쪽은 진국 혹은 한국이 되었다 하여, 예로부터 남북의 종족이 각각 다른 것으로 잘못 고증하였다.

다섯째, '비리'와 '부리'를 같은 음으로 보지 못했으므로 백제 이외에서 마한을 찾았을 뿐더러, 마한 열국의 위치를 잘못 고증한 것이 많았다. 여섯째, 이상과 같이 이 두자를 분변·해석하지 못함으로써 삼한전 가운데 '언어가 마한과 같지 않다' '고구려 언어를 알지 못한다' 등의 기록을 과신하여, 다른 글자로 쓴 같은 음을 발견하지 못하였다. 일곱째, 해(海)자를 잘못 풀이한 것 등은 그다지 중요하지 않으나, 육지로 달아나 남쪽으로 갔다고 인정하면, 옛 평양으로부터 압록강을 건너 현재의 평안·황해·경기·충청도 등을 지나 준의 새 도읍지라 하는 금마국(金馬國)— 익산까지 그 중간 천여 리가 모두 준의 백성이었다. 그러므로 측근 궁녀들을 거느리고 도망하는 패잔한 임금의 행차가 탈이 없었던 것으로 알 것이다. 바다에 떠서 남쪽으로 달아났다면, 이와 반대로 육지행의 위험을 연상할 수 있을 뿐더러, 옛 도읍과 새 도읍지의 중간 모든 지방이 준의 관할 경계가 아니었으리라는 의문도 생길 것이다.

(2) 중삼한의 약사(略史)

위의 글은 선대 유학자들의 오류를 지적한 것뿐이다. 이제부터 중삼한의 역사를 말하고자 한다. 그러나 진(眞)·번(番)·막(莫) 삼조선은 이미 멸망하고 라·가·제 삼국은 아직 건설되기 전에, 준의 마한과 진·번 두 나라의 유민이 건설한 진한과 변한의 양 자치 부락은 무엇이라 이름할까. 불교에서 전신(前身)은 이미 벗어나고 후신을 아직 얻지 못한 그 중간에 잠시 있는 몸을 중음신(中陰身)이라 하니, 이것은 전·후 두 삼한의 중음신이라 함이 옳으나, 지금 다만 '중삼한'이라 이름하고, 후삼한의 역사를 말하기 전에 먼저 중삼한의 역사를 말하고자 한다.

중삼한의 역사를 양단에 나누었으니 ①은 마한의 건국이다.

준이 왕검성을 버리고 금마군에 도읍을 옮긴 뒤, 어찌하여 조선의 옛 이름을 국호로 삼지 않았는가. 이는 위만의 조선과 구별하기 위함이었을 것이다. 고대에는 천도하면 번번이 그 지방의 이름을 국명으로 삼았다. 백제가 사비부여(泗沘扶餘)에 천도하여 국명을 곧 사비부여라 한 유가 그것이니, 준이 금마군에 천도하여 어찌 금마국이라 칭하지 않았던가. 금마군은 삼한전 중의 건마국(乾馬國)이니, 금마군이라 함은 백제 중엽 이후 봉건제를 폐지한 뒤의 군명이다. 신라가 백제를 멸하고 그 군명을 그대로 썼으므로, 신라 문사들이 고기를 서술할 때 준이 금마군에 천도하였다고 한 것이다. 준의 때부터 백제 중엽까지는 건마국 혹은 금마국이라 칭했을 것이니, 준이 남쪽으로 옮겨 온 후에 금마국의 나라 이름을 그대로 칭했는지 모르나, 후세 사람들이 고사를 좇아 서술할 때 준의 작위와 명호인 '말한'을 그 국명으로 삼은 것이다.

선대 유학자들이 모두 금마군을 삼한전 중의 건마국으로 인정하지 않고 월지국(月支國)으로 인정함은 무슨 까닭인가. 이는 전술한 대로 범엽의 '마한을 쳐서 파괴했다' '마한 사람들이 다시 자립하여 진왕으로 삼았다' 등의 위중에 속아서, 삼한전 중의 진·변 한은 신라와 가라로 인정하면서도 마한은 백제 이전의 마한으로 인정했으므로, 삼한전 가운데 백제에 관한 사실을 준의 사실로 잘못 고증하였다. 그러나 '진왕이 월지국을 다스렸다'고 한 진왕은 백제의 태왕이며 월지는 백제의 위례성이니, '위례'의 음이 '月'이 되고 성의 뜻이 '支[티]'가 된다.

《후한서》의 '쳐서 마한을 파괴하였다' 등의 설을 범엽의 가짜 고증이라 하여, 준의 천도 이전에는 남쪽 지방에 마한이라는 명칭이 없었다 함은 그럴듯하다. 그러나 《삼국지》의 '준…남쪽으로 도망하여 들어가서 한의 땅에 거주하며 스스로 한왕이라 하였다' 함은 무슨 설인가. 이는 윗글의 '한이 대방의 남쪽에 있었다'를 받아서 말한 것으로, 한의 땅에 들어가 살면서 이 땅의 임금이라고 이름하였다 함이며, 그 이전에 한국이 있었다 함이 아니다. 만일 엄격하게 문구와 사실의 부합만 찾으려 한다면, 윗글에 이미 '진한은 옛 진국이다' 하였으니, 진한(辰韓)의 '辰'이 진국(辰國)의 '辰'에서 나왔거늘, 무슨 까닭으로 아랫글에 '진한(辰韓)의 노인이 스스로 말하기를…진(秦)의 부역을 피하여 한국에 오니 마한이 그 동쪽 경계를 갈라서… 지금 그것을 이름하여 진한(秦韓)이라 한다' 하여, 진시황(秦始皇)의 '秦'을 辰韓의 '辰'으로 만들어 위아랫글의 사실이 서로 모순되게 하였는가. 이미 '한이 셋인데 하나는 마한이다' 하였으면, 아랫글에 마땅히 마한이라 이름한 시초나 원인을 말해야 할 것이다. 그렇거늘, 이제 '한의 땅에 거주하다' '한왕이라 이름하다' '한이 드디어 대방을 소속시키다' '낙랑이 나누어 한국을 거느리다' 등의 말만 있고 '마한(馬韓)'이란 글자는 없으니, 어찌 이와 같이 앞뒤 문세(文勢)가 관통하지 않았는가. 그러므로 당 태종 이래로 고사 안에 함부로 지우거나 가짜로 고증한 것이 많았음을 볼 수 있다.

②는 진·변한의 건설과 마한의 혁성(革姓)이다.

진한은 순전히 '신한' 유민의 이주민들이 세운 것이고, 변·진은 '불한'과 '신한' 양국 유민의 이주자들이 공동 건설한 것임은 이미 전술했거니와, 여기에 한 마디 하고자 하는 말은 기씨마한이 멸망한 사실이다. 대개 기씨 말엽에는 남에게 토지를 떼어서 넘겨 줬다가 멸망했는데, 준이 이미 서쪽 변두리 땅 백리를 위만에게 떼어서 넘겨 주고는, 마침내 위만에게 쫓겨 남쪽 지방에 와서 마한이 되었다. 마한이 된 뒤에도 '신한' 이주민에게 동쪽 경계를 떼에서 넘겨 주고(진한전에 보임), 또 '불한' '신한' 두 나라 이주민에게 동남 경계를 떼어서 넘겨 줬다가(이는 역사에 안 보였으나 사리로 미루어 알 수 있음), 마침내 신라 혁거세(赫居世)가 진한과 변한을 연합하여 대항하매, 드디어 동쪽 경계와 동남 경계를 함께 잃었다. 그리고 최종적으로 졸본천(卒本川)의 유수한 부호의 과부 소사노(召史奴)가 두 아들 비류(沸流)와 온조를 데리고 남쪽으로 오매, 몇 근의 황금을 받았던지 미추홀·한홀(漢忽) 등 서북의 벡 리 땅을 떼어서 넘겨 주었다('東'자는 '西'자로 써야 함. 〈동서 양자 상환고〉 참조). 마침내 온조태왕이 가장하여 보낸 사냥꾼에게 금마국에 우거한 서울까지 빼앗기고, 기씨 왕조 천여 년의 운명도 이로써 마쳤다.

이와 같이 마한은 망하여 부여씨의 백제가 되고, 진한은 기씨가 망하기 전 65년에 혁거세가 이미 6부의 맹주가 되었으며, 변진은 기씨가 망한 후 35년에 수로대왕(首露大王)이 6가라의 맹주가 되니, 이곳 백제·신라·가라를 후삼한이라 칭하였다. 후삼한이 일어나매 중삼한의 역사는 이에 한 단락을 짓게 되었다.

(3) 후삼한 70여 국의 이름·위치와 라·가·제의 역사

라(羅)·가(加)·제(濟)의 역사는 시작에서 끝가지 6, 7백년의 역사니, 그 연대의 오래됨은 전삼한의 3분의 1밖에 안 된다. 그러나 역사적 재료로 세상에 널리 퍼져 전하여 오는 것은 서적으로 말하여도 자세하고 확실하지 못하나마,《삼국사기》《삼국유사》등이 있어 도저히 이런 단편(短篇)으로는 다하지 못할 것이다. 그러므로 여기에서 말하고자 하는 후삼한은, 진수《삼국지》삼한전에 보인 라·가·제의 다른 이름인 삼한— 후삼한을 말함에 그칠 뿐이다.

먼저 후삼한의 강역을 논하면《삼국지》에 기록한 삼한 70여 국은 곧《삼국사기》지리지에 보인 라·가·제 삼국의 각 주·군이다. 다만 전자는 봉건 시대의 지리를 기록한 것이므로 '국(國)'이라 하고, 후자는 봉건 타파 후에 기록한 것이므로 '주' 혹은 '군'이라 한 것이다. 봉국을 폐하고 주·군을 설치하는 동안에 대소의 합병도 있었을 것이고 이름의 변경도 있었을 것이며, 또한 같은 이름으로도 이두문 사용자의 변경도 있었을 것이다. 신라 경덕왕 때에 이두문으로 쓰던 땅이름을 한문자로 개정한 뒤 옛 이름이 전해지지 못하거나, 혹은 옛 이름의 뜻을 알 수 없게 된 것이 많아, 일일이 찾을 수는 없으나 오히려 그 대략은 알 수 있다.

① 후마한— 백제의 강역을 보면 삼한전에 이른바 마한 50여 국은 다음과 같다.

원양국(爰襄國)·모수국(牟水國)·상외국(桑外國)·소석삭국(小石索國)·대석삭국·우휴모탁국(優休牟涿國)·신분활국(臣濆活國)·백제국(伯濟國)·속로불사국(速盧不斯國)·일화국(日華國)·고탄자국(古誕者國)·고리국(古離國)·노람국(怒藍國)·월지국(月支國)·자리모로국(咨離牟盧國)·소위건국(素謂乾國)·고원국(古爰國)·막로국(莫盧國)·비리국(卑離國)·점비리국(占卑離國)·신혼국(臣釁國)·지침국(支侵國)·구로국(狗盧國)·비미국(卑彌國)·감해비리국(監奚卑離國)·고포국(古蒲國)·치리국국(致利鞠國)·염로국(冉路國)·아림국(兒林國)·사로국(駟盧國)·내비리국(內卑離國)·감해국(感奚國)·만로국(萬盧國)·피비리국(辟卑離國)·구사오단국(臼斯烏旦國)·일리국(一離國)·불미국(不彌國)·지반국(支半國)·구소국(狗素國)·첩로국(捷盧國)·모로비리국(牟盧卑離國)·신소도국(臣蘇塗國)·막로국(莫盧國)·고랍국(古臘國)·임소반국(臨素半國)·신운신국(臣雲新國)·여래비리국(如來卑離國)·초산도비리국(楚山塗卑離國)·일난국(一難國)·구해국(狗奚國)·불운국(不雲國)·불사분야국(不斯濆邪國)·원지국(爰池國)·건마국(乾馬國)·초리국(楚離國)

위 50여 국의 나라 이름 중에 거듭 실은 막로국을 빼어 버리면 모두 54개국이다. 54개의 국명을 《삼국사기》 백제 지리지의 주·군 이름에 맞춘 뒤 다시 백제 주·군의 연혁을 《고려사》 지리지와 이조 8도 땅이름에 맞추어 보았다. 그 가운데 비리 등 여러 나라는 곧 백제 지리지의 부리 등의 주·군인데, 감해비리는 고막부리(古莫夫里)—곧 고마성(固麻城)이니 현 공주이고, 피비리는 파부리(波夫里)니 현 동복(同福)이며, 모비리는 모량부리(毛良夫里)니(〈이두문 해석법〉'라'의 음 참조), 현 고창이며, 여래비리는 이릉부리(爾陵夫里)니 현 능주(綾州)이다. 그 중에 관형사적인 윗글자 없이 다만 '비리국'이라 한 비리는 그 위에 비(卑) 한 자가 빠진 듯하니, 비비리(卑卑離)는 부부리(夫夫里)로 임피(臨陂)와 옥구(沃溝) 사이 회미(澮尾) 폐군이고, 이 밖에 삼한전에 내비리·점비리·초산도비리 등 비리가 있고, 백제 지리지에 반내부리(半柰夫里)·미동부리(未冬夫里)·고사부리(古沙夫里)·고량부리(古良夫里)가 있어서, 수(數)도 하나 차이가 나고 음도 서로 맞지 않으니, 아직 후일의 상고에 미룬다.

대석삭은 대시산(大尸山)인데 현 태인(泰仁), 우휴모탁은 우소저(于召渚)인데 현 고산군(高山郡) 서부의 폐현, 월지는 위례성인데 현 한성이다. 지침(支侵)은 백제 지리지에 그 본래 위치를 말하지 않았으나, 당(唐) 도독부의 군 설치에 지침(支潯)이란 군명이 있는데, 주의 소재지가 '지삼(只彡)'이므로 이름한 것이고, 지삼은 여읍(餘邑)이라 신라가 개명했는데 餘의 뜻이 '끼침'이니 현 해미(海美)이다. 구로는 개리이(皆利伊)인데 그 연혁이 없고, 사로는 사호살(沙好薩)이니 好는 '노(奴)'의 오자인 듯한데 현 홍주, 감해는 금물(今勿)인데 현 덕산이다. 막로는 매라(邁羅)인데 동성대왕 때에 위(魏: 탁발씨)의 군사 여러 십만을 쳐부순 명장 사법명(沙法名)의 봉국이며, 《삼국사기》에 그 연혁이 없으나 백제가 망한 뒤에 당 도독부의 관할이었으니 대개 공주 부근일 것이다. 구사오단은 구사진방(仇斯珍芳) 일명 귀단(貴旦)인데 현 장성(長城) 동부, 초리는 소력지(所力只)인데 현 옥구이며, 건마가 곧 금마군임은 이미 전술하였다. 그 나머지는 아직 발견하지 못했으니 뒷날을 기다리려니와, 이만하여도 마한 54국의 지도를 그릴 수 있지 않는가.

② 진한과 변진은 합하여 24국인데 나라 이름은 다음과 같다.

기저국(己柢國)·불사국(不斯國)·변진미리미동국(弁辰彌離彌凍國)·변진접도국(弁辰接塗國)·근기국(勤耆國)·난미리미동국(難彌離彌凍國)·변진고자미동국(弁辰古資彌凍國)·변진고순시국(弁辰古淳是國)·염해국(冉奚國)·변진반로국(弁辰半路國)·변락노국(弁樂奴國)·군미국(軍彌國)·변군미국(弁軍彌國)·변진미오야마국(弁辰彌烏邪馬國)·여잠국(如湛國)·변진감로국(弁辰甘路國)·호로국(戶路國)·주선국(州鮮國)·마연국(馬延國)·변진구야국(弁辰狗邪國)·변진주조마국(弁辰走漕馬國)·변진

안야국(弁辰安邪國)·마연국·변진독로국(弁辰瀆盧國)·사로국(斯盧國)·우중국(優中國)

이 가운데 군미국과 마연국이 거듭 실렸으니, 선대 유학자들의 말을 좇아 이 두 나라를 빼버리면 24개국이 된다.

사로(斯盧)가 신라임은 그 연혁도 명백하고 선대에 유학자들이 '斯'는 '새', '盧'는 '라'(현재 말의 '나라')이니 '새 나라'의 뜻이라 함도 틀림없다. 구야는 가라인데 김해, 미오야마는 임나(任那)인데 현 고령, 고자미동은 현 고성(固城)이라 함도 선대 유학자들의 정설(定說)이거니와, 이제 졸견으로 그 음과 뜻을 해석하여 이외 여러 나라의 연혁을 찾을 만한 것을 더 찾으려 한다. 진·변한의 24국 중에 '미동'이라 이름한 나라가 셋이다. 비록 마한의 '비리'처럼 많지 않으나 《삼국사기》 지리지에 '미지(彌知)'로 이름한 군은 모두 물굽이에 자리잡은 것이다. 백제의 고마미지는 현 강진·해남 사이의 해만에 있는 읍이고, 송미지는 영광 부근 해만의 읍이며, 신라의 무동미지는 비안(庇安) 북부 단밀(丹密) 폐읍이니, 또한 단강(丹江) 물굽이에 자리잡은 것이다. 미동은 이두문에 대개 彌知와 같은 음인 '미지'로 읽는데 한가지로 '물굽이'의 뜻이다. 고자미동이 현 고성임은 이미 상술했거니와, 고자는 '구지' 즉 '반도'의 뜻이니, 고성이 반도이자 또한 큰 해만에 자리잡았으므로, 고자미동 즉 '구지미지'라 이름함이며, 변진미리미동은 진해만, 난미리미동은 혹 영일만이 될 것이다.

《문헌비고》에 '대가야(大伽倻)는 현 고령, 소가야는 현 고성(固城), 고령가야(古寧伽倻)는 현 함창(咸昌), 아라가야(阿羅伽倻)는 현 함안, 성산가야(星山伽倻: 일명 벽진가야)는 현 성주'라 하였다. 변진고순시는 곧 고령가야(고링가라)이니, 함창 '공갈못'의 '공갈'은 '고링가라'의 와전이니, '공갈못'은 고링가라국의 못이고, 변진안야는 곧 아라가야(아라가라)이니 '아라'는 함안 북강의 옛 이름인 듯하다. 《삼국사기》지리지의 호용자(互用字)에 의거하여 진(珍)·미(彌)·매(買) 3자를 다 '매'로 읽어야 하니, 星山은 '별메'의 뜻이고 벽진(碧珍)은 '별메'의 음인데, 반로(半路)는 곧 '별'이니 변진반로는 성산가야이다.

이상에서 이미 서술한 미오야마— 임나, 현 고령, 구야— 가라, 현 김해, 고자미동— 구지미지를 합하여 6가야라 칭한 것인데, 다만 미오야마의 '야마' 두 자는 '마야'를 거꾸로 씀일 것이다.

독로(瀆盧)는 다산이 거제의 옛 이름 상군(裳郡)이라 했는데 '裳'은 속어에 '도롱이'다. 독로는 '도롱이'의 음이며 현 거제라 하니 대개 비슷하다. 불사(不斯)는 '부스'이니 곧 고어에 '소나무'의 뜻인데 그 위치를 알 수 없고, 장기(長鬐)의 옛 이름이 기립(耆立)이니, 근기(勤耆)가 기립일 터이지만 둘 중에 어느 하나가 거꾸로 된 글자일 것이다. 그 나머지는 아직 음과 뜻, 위치와 연혁을 발견하지 못하였다.

(4) 후삼한의 서로 관계

삼한전에 진한과 변한의 정치적 체제를 기록하여, '그 12국이 진왕에게 소속되자 진왕은 마한 사람이 만든 제도를 상용하여 대대로 이어 가서, 진왕은 자립하는 임금이 되지 못하였다' 했으니, 이는 참과 거짓이 절반인 것이다. 《삼국사기》《삼국유사》 등의 서적에 쓰인 '왕(王)' '태왕(太王)' '대왕' 등은 모두 삼한전의 진왕임과, 전삼한 시대에는 '신한'이 우두머리이고 '말한' '불한'이 보좌임은 이미 앞서 서술하였다. 후삼한에 이르러서 '말한'은 쇠패한 끝이었으나, 오히려 한강 이남의 전부를 차지하여 고대에 큰 나라의 위치를 가졌으므로, 그 국호는 '말한[馬韓]'이라 하였지만 그 위호(位號)는 신한(辰王)이라 하여 70여 국의 공동 주인이 되었다. '신한[辰韓]'과 '불한[弁韓]'은 그 유민이라 이로써 거주지의 땅이름으로 삼아 쓴 것이고, 그 위호인 '신한'은 도리어 마한에 넘겨줬으므로, 신라본기에 의거하면 혁거세부터 지중(智證)까지 거서간(居西干)·이사금(尼師今)·마립간(摩立干) 등으로 일컫고 왕이라 칭하지 못하였다. 마립간은 《삼국사기》 눌지마립간 주에 김대문(金大問)이 이르기를 '마립 궐야(麻立橛也)'라 했으니 '橛'의 뜻은 '말'이다. 그러면 摩立干을 '말한'으로 읽은 것이니 '말한'도 오히려 존칭이므로, 초대에는 쓰지 못하고 눌지(訥祇)에 이르러서 4대를 쓰고 법흥 때에 와서 비로소 '신한', 곧 대왕이라 칭한 것이다.

백제는 마한의 옛 땅을 웅거함으로써 그 국호를 마한이라 하나 그 왕호는 신한이며, 신라는 신한의 유민이므로 그 국호는 진한이라 하나 그 왕호는 말한이 되어, 백제의 절제(節制)를 받아 신한·말한의 이름이 이와 같이 뒤죽박죽이 되었다. 삼한전이 곧 관구검이 얻어 간 기록과 전설을 쓴 것이라 신라 초대의 일이니, '그 12국(진한·변한 각각의 12국. 곧, 20국)이 진왕에 소속되다'의 1절은 실록이며, 신라는 그 건국 이후 박·석(昔)·김 3성이 서로 갈아들어 왕위를 전하고, 어느 때에 백제 사람이 신라 임금이 된 적 없으니, '진왕은 마한 사람이 만든 제도를 상용하여 대대로 이어 나갔다' 한 1절은 잘못된 기록이다. 그러나 신라본기를 보면 그 초기부터 백제와 대치한 듯하나, 이는 신라의 사관이 선대의 수치를 꺼리어 지워 버린 것이니, 《수서》에도 '신라… 그 선대가 백제에 딸려 붙었다'라고 적혀 있다. 고구려가 선비(鮮卑)와 혈전하는 동안에 백제가 강하여짐과 같이, 백제가 고구려와 혈전하는 동안에 신라가 강해짐은 실재의 사실이다. 내물(奈勿)과 눌지 이전에는 12국이 마한 진왕의 절제를 받았을 것이니, 이는 삼한전의 것으로써 신라본기에 빠진 부분을 보충함이 옳다.

(5) 후삼한과 함께 선 열국

《삼국지》에 적힌 후삼한 당시의 왕국은 다섯이다. ① 부여(夫餘)는 '불'의 번역인데, 비리(卑離)·부리(夫里)·불(弗)·발(發)·화(火)·벌(伐) 등의 번역과 같은 것이다. 그러나 '불'은 국명이 아니므로 조선 고사에 반드시 그 말 위에 두사(頭辭)를 얹어서 북부여·동부여·사비부여·졸본부여·이릉부리(爾陵夫里)·고막부리(古莫夫里)·밀불(密弗)·추화(推火)·음즙불(音汁弗)·사벌(沙伐)·서라벌(徐羅伐)이라 하여 그것을 구별하였다. 그러나 각 '불' 중에 북부여가 가장 대국이며 중국과 교통이 잦았으므로, 한(漢) 사마천부터 북부여를 다만 부여로 칭하여 관습어가 되었다. 《삼국지》 중의 부여도 곧 북부여를 가리킨 것인데, 그 수도의 위치는 하얼빈으로 《삼국사기》의 황룡국(黃龍國)이며, 《삼국사기》의 부여는 동부여이며 《삼국지》의 부여가 아니다.

② 고구려는 그 중경(中京) '가우라'로 이름한 것이니, 《삼국지》 중 고구려의 수도는 현 집안현(輯安縣)이다.

③ 옥저(沃沮)는 '와지'로 '삼림'의 뜻이니 《만주원류고》에 보인 '와집(窩集)'이다. 고대 조선 북부 사람이나 근세까지의 만주 사람이 그들의 거주 지방에 큰 삼림이 있는 곳이면 어디든지 '와지'라 하였으니, 《삼국지》에 동·북·남 세 옥저는 그 중 가장 큰 '와지'를 가리킨 것이고, 그 밖에도 무수한 '와지'가 있었다. 《삼국사기》에 호동(好童)이 나가 논 '와지'와 《진서》의 의려(依慮) 자제가 주보(走保)한 '와지'는 모두 세 옥저 이외의 와지이다.

④ 읍루(挹婁)는 '오리'라 '오리'강(현 송화강)가에 살아서 이름한 것이니, 광개강토평안호태왕(廣開疆土平安好太王)의 비문에 쓰인 압로(鴨盧)가 그것이다. 《삼국지》에 이를 숙신씨(肅愼氏)의 후예라 했으나, 이는 그들이 쓴 무기인 호목(楛木) 화살과 돌살촉이 좌씨 《국어(國語)》에 기록한 숙신씨의 화살과 같으므로 억지로 끌어다 맞춘 말이다. 숙신·직신(稷愼)·주신(州愼) 등은 다 고대 중국 사람이 '조선(朝鮮)'을 번역하여 전한 것이다. 읍루는 조선 최북의 미개한 일부 조선족으로, 《삼국사기》와 《당서》에는 읍루를 말갈(靺鞨)이라 했으니, 말갈은 읍루의 딴 이름인데 그 음과 뜻은 아직 고증하지 못하였다.

⑤ 예(濊)도 역시 '오리'강으로 이름한 것이다. 다음의 오리강은 영평부의 난하(灤河)이니, 예가 처음 난하 부근에 건국하였는데, 《일주서(逸周書)》의 령지(令支)와 《관

자(管子)《사기》 등의 리지(離枝)가 다 예의 한역(漢譯)이다. 예가 차차 동쪽으로 옮겨서 두만강 안팎 연안에 분포하였으니, 한(韓)의 사람 장량(張良)이 역사(力士)를 구하던 창해국(滄海國)과 한 무제와 싸운 남려왕(南閭王)의 창해국이 다 그것이며, 그 일부가 다시 남쪽으로 내려와서 현 강원도 등지에 분포하였는데,《삼국지》의 '예'가 다 그것이다.《삼국사기》에는 혹 읍루, 즉 말갈을 예로 기록한 곳도 많으니, 고구려 태조본기의 '마한이 예맥을 거느리다'와 김인문전(金仁問傳)의 '고구려가 견고한 성새를 믿고 예맥과 결탁하여…' 등이다. 선대 유학자들이 다만 濊라는 글자만 좇아 그 계통을 찾았으므로, 예의 가보(家譜)가 뒤섞여 대단히 어지럽게 되었으니, 그 상세함은 따로 전론(專論)이 있어야 할 것이라, 여기서는 아직 중지한다.

위의 다섯 나라 가운데 옥저·예 두 나라는 고구려에 복종하여 붙좇은 것으로 독립한 왕국이 아니다. 다섯 나라의 지리·강역은 선대 유학자의 고증이 대략 옳으나, 다만 북부여를 현 개원(開原)이라 함은, 그 말엽에 옮겨 거주한 서울을 그 원거주지로 오인한 것이다. 다섯 나라가 다 후삼한과 썩 간절한 관계가 적었고, 가장 관계가 많기로는 낙랑·대방 두 나라이거늘《삼국사기》에는 이를 궐하였으니, 다음 절에 간략히 논하고자 한다.

(6) 후삼한과 낙랑·대방의 관계

패수(浿水)·낙랑·낙량(樂良)·평나(平那)·평양(平壤 : 平穰)·백아(百牙) 등을 모두 '펴라'로 읽음이 옳음은 졸저 〈이두문 해석법〉〈평양패수고〉 등에 상세히 서술하였다. 낙랑국이 당시 열국 중 후삼한과 가장 핍절한 관계를 가졌음은, 신라본기의 신라 초기와 백제본기의 백제 초엽에 낙랑의 침구가 잦은 사실에 의거하여 명백하거늘, 선대 유학자들이 중국 역대 사가의 글에 속아, 평안도를 떼어 넘겨 줘서 한(漢)의 낙랑군으로 만드는 동시에 낙랑국을 이동하여 강원도 춘천군에 특설한 것이다. 무엇에 의하여 춘천을 낙랑이라 하였느냐 하면, 백제본기 온조왕 13년의 '동쪽에 낙랑을 두었다[東有樂浪]'는 1구가 그 유일한 증거라 한다. 그러나 〈동서 양자 상환고〉에 보임과 같이, 《삼국사기》에는 동(東)·서(西) 두 자가 많이 서로 바뀌어 있다.

낙랑국 임금의 성은 최씨(崔氏)니 그 기원을 확증할 수 없으나, 대개 기준·위만의 때에 평안도를 할거하여 한때 강성해서, 뒷날 자주 남쪽 지방의 신라·백제를 침노하여 괴롭혔다. 그러다가 마지막 임금 최리(崔理)가 고구려 왕자 호동(好童)을 낭림산(狼林山)의 삼림(옥저) 같은 곳에서 만나, 그 용모의 수려함에 정신이 팔려 맞이하여 사위로 삼았다가 고구려에 망하였다. 그러나 그 소속된 수십의 소국들이 그 종주국 최씨의 멸망을 한하여 고구려에 복종하지 않고, 서쪽 지방으로 한(漢)을 통하여 이에 한의 세력이 낙랑에 침입되었다. 그러나 한의 낙랑국에 대한 관계가 명(明)의 해삼위(海蔘威 : 블라디보스토크)·송황영(松篁營) 등지의 여러 둔위(屯衛)처럼 한의 벼슬아치의 발자취가 이곳에 없으며, 한제(漢帝)의 칙령이 이곳에 미치지도 않았다.

낙랑군은 낙랑국에서 천여 리를 더 나가 요동에 있는 군명이다. 한 무제가 위만을 멸하고 이상적인 군현으로 진번·현도·임둔·낙랑 4군을 만들려 하였다. 그러나 조선의 저항이 억세어 동북에서 졸본부여(뒷날 고구려)가 일어나매 진번·현도 두 군이 공상이 되고, 압록강 동쪽에서 낙랑국 최씨가 일어나매 낙랑·임둔 두 군 설치도 공상이 되고 말았다. 그렇거늘 요동 경계 안에 낙랑·현도 등 4군을 거짓 설치하여 사책을 꾸몄다. 고구려 대무신왕과 광무제 때 최씨가 망한 뒤, 낙랑 열국의 교통으로 인하여 그 열국의 이름을 가져다가 거짓 설치한 낙랑군 가운데 거짓 설치한 낙랑 여러 현의 이름을 만들고, 고구려와 그 속국인 개마(蓋馬)·은태(殷台) 등의 이름을 가져다가 거짓 설치한 현도 3현의 이름을 만들었다. 그뿐 아니라, 최씨가 망한 뒤, 수십년 만에 대방국이 장단(長湍) 등지에서 일어나 6, 7 소국의 맹주가 되었다. 비록 그 주권자의 성명과 국운의 장단은 사책에 보이지 않았으나, 백제본기 책계왕 원년에 백제왕의 아내 보과(寶菓)의 아비 대방왕이 나타났으며, 신라본기 기림이사금 3년에 낙랑·대방 두 나라가 귀순한 사실을 적었으니, 그것들이 한때의 소왕국이었음이 명백하다.

한실 제왕들은 이를 따라 또 요동에 대방군을 거짓 설치하였다. 그렇거늘 종래 우리의 조선사가들이 번번이 조선 고기와 중국사의 충돌되는 사실을 억지로 조화하느라고, 고기를 지우거나 고친 것이 적지 않은 중에, 낙랑의 사실은 피차 모순이 더욱 심하므로 조화에 고심하여, 《삼국사기》에 백제 온조왕과 교섭한 낙랑 임금을 낙랑 태수로 틀리게 기록하였다. 《삼국유사》에는 한에 없는 주의 이름인 평주(平州)와, 없는 벼슬 이름인 도독(都督)을 내어 4군 2부설을 날조하였다. 이 따위 허황한 기록이 많으므로 일반적으로 잘못된 것을 발견하기가 더욱 어려워졌다. 여하간 중국사 가운데 조선의 일을 가장 자세히 적은 《삼국지》에 낙랑·대방이 빠져서 앞뒤의 맥락이 끊기어 큰 결점이 되었다.

(7) 후삼한과 북방 여러 나라의 언어

당시에 가장 놀라운 사실은 현 조선 각 지방과 동삼성(東三省) 각지의 언어 통일이다.

이제 《삼국지》에 의지하면, 고구려전에 '언어의 모든 사실이 부여와 같은 것이 많다' 하고, 옥저전에 '언어가 고구려와 대동하다' 했으니, 부여·옥저·고구려 세 나라의 지방은 곧 흑룡·길림·평안·함경 등이니, 위 각지의 언어가 동일한 실증이다.

　예전(濊傳)에, '언어·풍속이 고구려와 같다' 함은 〈삼국지 동이열전 교정〉의 (2)에서 언급하였다. 진한전에 비록 '언어가 마한과 같지 아니하다' 했으나, 이는 진한(辰韓)의 '辰'을 진인(秦人)의 '秦'으로 거짓 고증하여, '국(國)을 방(邦), 궁(弓)을 호(弧)라 하고…진인과 비슷함이 있다'는 꾸민 기록을 억측으로 변명하기 위하여 쓴 것이며 실록이 아니다. 진한이나 마한에 신지(臣智)·읍차(邑借) 등의 같은 벼슬 이름이 있고 다른 언어의 중적이 없으니 또한 같은 언어였던 것이다. 다만 낙랑·대방 양전이 빠졌으므로 삼한과 고구려 등의 중간 연락이 끊어졌다. 따라서 낙랑·대방이 부여·고구려와 언어 관계가 어떠하였던지, 삼한이 낙랑·대방과 언어 관계가 어떠했던지 《삼국지》에는 기록이 없다. 그러나 신라 악곡 반섭조(般涉調)를 백제 사람이 노래하고, 고구려의 내원성(來遠城)과 백제의 무등산을 신라 사람이 노래하며, 호동이 고구려 궁중의 미성년 사내아이로서 낙랑에 들어가 최왕의 딸과 연애를 성취하고, 서동(薯童)이 백제 궁중의 16세 소년 태자로 신라에 도망하여 들어가, 여러 아이들을 꾀어 노래를 짓고 선화공주를 유인한 사실 같은 것이, 모두 삼한·낙랑·고구려 등의 언어가 서로 훤하게 통했음을 설명한다.

또한 경상도의 신라, 경기·충청도 등의 백제, 강원도의 예, 평안도의 고구려와 낙랑, 함경도의 옥저, 길림·봉천·흑룡 등의 부여·고구려의 언어가 모두 같았다는 실증이다. 오직 읍루 일부가 말이 다소 다름으로써 《후한서》에 '읍루는 동이(東夷) 가운데 언어가 유독 다르다' 하였다. 그러나 읍루는 만청족(滿淸族)의 선대인데, 만청과 조선의 고어가 상통되는 것이 많으니, 이것도 아주 동떨어지게 다른 언어가 아니었던 것이다. 설령 작은 부분인 읍루를 제외하더라도, 고조선 전부— 현 조선 13도와 현 관동 3성(省)이 고대에 언어가 통일된 민족이었으며, 사책에 의하면 그 관제와 풍속은 더욱 차이가 적었던 것이다.

영국사를 보면, 16세기까지도 런던과 웨일즈가 서로 가까운 지방인데 언어가 불통하였다. 웨일즈의 어느 항구에 정박한 장사꾼이 달걀을 사 먹으려는데, '에그'란 말을 알아듣는 이가 없어, 손으로 달걀의 모양을 형용하자 감이 나오고 배가 나왔다는 우스운 이야기가 있다. 그 밖에도 서양 열국이 모두 근세 교육이 발달되기

전에는 한 나라 안에 갖가지 언어가 있어, 지금까지도 그 타성이 남아 있는 나라가 많다. 중화는 문물과 정치가 통일된 지 수천년이지만, 지금까지 같은 성(省) 안에서도 언어가 불통되는 곳이 있거늘, 하물며 '백 리면 풍이 같지 않고 천 리면 속(俗)이 다르다'고 하던 고대임에랴.

조선은 고대에 작지 않은 강토에다 언어·풍속이 남보다 먼저 통일된 민족으로서, 아득한 옛날 '수두' 신목(神木) 아래에 신권 정치적 통일이 있은 이후에는 다시 정치적 통일이 행해지지 못하고 압록강 이서를 떼어서 버렸다. 게다가 또 번번이 북방 대국의 문화와 위력을 빙자·의거한 연후에야 구차하고 창피스러운 작은 통일 국가로 존재하게 되었으니, 이것이 무슨 원인인가.

조선 역사상 일천년래 제1대사건

1. 서 론

 민족의 성쇠는 그 사상의 나아가는 방향 여하에 달린 것이며, 사상이 나아가는 방향의 좌, 혹은 우는 번번이 그 어떤 종류의 사건에 영향을 입는 것이다. 그러면 조선 근세에 종교·학술·정치·풍속이 사대주의의 노예가 됨이 무슨 사건의 원인인가. 어찌하여 효(孝)하며 어찌하여 충(忠)하라 하는가. 어찌하여 공자를 높이며 어찌하여 이단을 배척하라 하는가. 어찌하여 태극이 양의(兩儀: 하늘과 땅)를 낳고 양의가 팔괘(八卦)를 낳는다 하는가. 어찌하여 자신을 수양한 연후에 집을 정제하고, 그 연후에 나라를 다스림인가. 어찌하여 비록 두통이 나더라도 갓과 망건을 끄르지 않으며, 티눈이 있어도 버선을 신는 것이 예(禮)이었던가. 옛 성인(聖人)의 말이면 그대로 좇고, 선대의 일이면 그대로 행하여, 온 세상을 몰아 잔약·쇠퇴·부자유의 길로 들어감이 무슨 원인인가. 왕건의 창업인가. 위화도(威化島)의 회군인가. 임진의 왜란인가. 병자의 호란인가. 사색(四色)의 당파인가. 반상(班常)의 계급인가. 문귀 무천(文貴武賤)의 폐단인가. 정주학설(程朱學說)의 남은 독인가. 무슨 사건이 전술한 종교·학술·정치·풍속 각 방면에 노예성을 산출하였는가. 나는 일언으로 회답하여 가로되, 고려 인종 13년 서경 전역(西京戰役)— 즉 묘청(妙淸)이 김부식(金富軾)에게 패함이 그 원인이라 하겠다.

서경 전역의 양편 병력이 각각 수만에 불과하고, 전역의 시작과 끝이 2년에 차지 않는다. 그렇지만 그 전역의 결과가 조선 사회에 영향을 끼침은, 서경 전역 이전에 고구려의 후예이며 북방의 대국인 발해(渤海) 멸망의 전역보다도, 서경 전역 이후 고려 대 몽골의 60년 전역보다도 몇 갑절이나 세차게 지나갔으니, 고려부터 이조까지 1천년 간에 서경 전역보다 지나친 대사건이 없을 것이다. 서경 전역을 역대의 사가들이, 다만 왕의 군사가 역적을 친 전역으로 알았을 뿐이었으나, 이는 근시안의 관찰이다. 그 실상은 이 전역이 낭불(郎佛) 양가 대(對) 유가(儒家)의 싸움이고, 국풍파 대 한학파, 독립당 대 사대당, 진취 사상 대 보수 사상의 싸움이니, 묘청은 곧 전자의 대표이고 김부식은 곧 후자의 대표였던 것이다. 이 전역에 묘청 등이 패하고 김부식이 이겼으므로, 조선사가 사대적 보수적 속박적 사상— 유교 사상에 정복되고 말았다. 만일 이와 반대로 김부식이 패하고 묘청 등이 이겼더라면, 조선사가 독립적이며 진취적 방면으로 진전하였을 것이니, 이 전역을 어찌 '1천년래 제1 대사건'이라 하지 않으랴. 아래에 전역 발생의 원인과 동기를 먼저 서술하고, 그 다음에 전역으로 인하여 생긴 영향을 논하려 한다.

2. 낭(郎)·유(儒)·불(佛) 3가(家)의 원류

서경 전역의 원인을 말하려면, 당시 낭·유·불 3가가 정립(鼎立)한 대세부터 논술할 필요가 있다.

⑴ 낭은 곧 신라의 화랑이다. 화랑은 본래 상고 시대 소도 제단(蘇塗祭壇)의 무사, 곧 그때에 '선비'라 일컫던 사람인데, 고구려에서는 검은 옷을 입어 조의선인(皂衣仙人)이라 하고, 신라에서는 미모를 취하여 화랑이라 하였다. 화랑을 국선(國仙)·선랑·풍류도(風流徒)·풍월도 등으로도 칭하였다. 《삼국사기》의 저자 김부식은 화랑을 원수처럼 여겨 배척하는 유교도 중에도 가장 소견이 좁고 답답하며 엄혹한 인물이었다. 그러므로 본국 전래의

《선사(仙史)》《화랑기》 같은 것은 모두 말살하고, 다만 외국에까지 전파된 화랑의 한두 가지 사실과 《화랑세기(花郎世紀)》1, 2구, 곧 당인(唐人)이 지은 《신라국기(新羅國記)》《대중유사(大中遺事)》 등에 쓰인 화랑에 관한 문구를 초록하여, 그 원류를 어지럽히고 연대를 거꾸로 하며, 허다한 화랑의 아름다운 사실을 매몰하였으니, 이 얼마나 가석한 일인가. 이에 관한 곡절은 타일에 전서(專書)로 상론하려 하니 여기에서는 생략하거니와, 화랑은 곧 신라 이래 국풍파의 중진이 되어, 사회 사상계의 첫째 자리를 차지한 이들이다.

(2) 유(儒)는 공자(孔子)를 존경하여 받드는 사람이다. 옛날의 사가들이 늘 존화주의(尊華主義)에 도취하여, 역사적 사실까지 위조해 가며 태고부터 유교적 교의가 조선에 널리 미친 것으로 말하였다. 그러나 '비치'나 '불구레'로 왕을 이름하며, '말치'나 '쇠뿔한'으로 벼슬을 이름하던 시대에는, 공자·맹자의 이름을 들은 이도 전국에 몇 사람이 못 되었을 것이다. 대개 유교는 삼국 중·말엽부터 그 경전이 얼마 만큼 수입되어, 예(禮)를 강(講)하며 《춘추》를 읽는 이가 있어서 뿌리를 박아, 고려 광종 이후에 점차 성하여 사회 사상에 영향을 끼치게 된 것이다.

(3) 불(佛)은 인도로부터 중국을 지나 조선에 수입된

석가(釋迦)의 교이다. 삼국 말엽부터 성행하여 조정이나 민간에서 모두 숭배하고 받들어, 불교가 비록 세상 일에 관계 없는 속세를 떠난 종교이나, 그 교도가 문득 정치상의 지위를 가지게 된 것이다.

당초에 신라 진흥대왕이 사회와 국가를 위하여 만세(萬世)의 책(策)을 정할 때, 각 교의 알력을 걱정하여 유·불 양교는 평등으로 대우하고, 화랑은 3교의 교지를 포함한 것이라 하여 각 교의 위에 자리잡게 하며, 각 교도의 서로 넘나듦을 허락하였다. 그래서 신라사를 보면, 김흠운전(金歆運傳)에 전밀(轉密)은 불교의 승려로 화랑 문노(文努)의 제자가 되고, 《삼국유사》백률사(柏栗寺) 조에 안상(安祥:常)은 화랑인 영랑(永郞)의 수제자로 승통(僧統)의 국사(國師)가 되었다 하며, 최치원(崔致遠)은 유·불 양교에 넘나드는 동시에 또한 화랑도의 대요(大要)를 섭렵함이 있었다. 그러나 세상사가 늘 시국의 형편을 따라 변천하고, 사람이 바라는 대로 되지 않는데야 어찌하랴. 진흥대왕의 각 교 조화책도 불과 수백년 만에 무효로 돌아가고, 고려 인종 13년에 서경 전역이 일어나게 된 것이다.

3. 낭·유·불 3교의 정치상 투쟁

고려 태조 왕건이 불교를 국교로 삼고 유교와 화랑도 또한 수용하더니, 그 후사(後嗣)에 이르러서는 가끔 중국을 존경하여 그리워했다. 광종(光宗)은 중국 남방 사람 쌍기(雙冀)를 써서 과거를 베풀고 더욱 유학을 장려하였다. 만일 유교의 경전에 통하는 중국 사람이 이르면 높은 벼슬을 시키고 후한 녹을 주며, 또 신하의 훌륭한 저택을 빼앗아 준 일조차 있었다. 성종 때에 이르러서는 최승로(崔承老) 등 유학자를 등용하여 재상으로 삼아, 낭교도나 불교도는 모두 압박하고 오직 유교만을 숭상하게 되었다. 불교는 원래 속세를 떠난 교일 뿐더러 어느 나라에 수입되든지 늘 그 나라 풍속·습관과 타협을 잘하고 다른 교를 심히 배척하지 않는다. 그렇지만 유교는 그 의관·예악·윤리·명분 등을 그 교의 중심으로 삼아, 전도(傳道)되는 곳에는 반드시 표면까지의 동화(同化)를 요구하며, 다른 교를 배척함이 대단히 격렬하므로, 이때의 유교 장려는 낭파(郎派)와 불파(佛派)가 불평히 여길 뿐 아니라, 곧 전국 백성이 즐거워하지 않았다. 이런 관계는 대개 공자 《춘추》의 '쓸 만한 것은 쓰고 삭제할 것은 삭제'하는 주의를 존경하여 받드는 사가들의 삭제를 당하여 상세한 전말은 기술할 수 없으나, 명확하지도 갖추지도 못한 사책 속에 남긴 한두 사실을 미루어 그 전체를 대략 상상할 수 있다.

《고려사》와 《동국통감》을 의거하매, 성종 12년에 거란 대장 소손녕(蕭遜寧)이 침입하여 북쪽 국경을 공격하며, 또 격문을 보내어 80만 군사가 장차 계속하여 이르리라 공갈하니, 온 조정이 황겁하여 서경 이북을 떼어 넘겨 주고 화친하자는 의논이 일어났다. 그런데 그때 유독 서희(徐熙)·이지백(李知白) 두 사람이 있어 그것이 그른 계책임을 논박하였다. 이지백은 아뢰기를, 선왕의 연등(燃燈)·팔관·선랑(仙郎) 등의 회(會)를 회복하고, 다른 방면의 기이한 법을 배척하여 국가 태평의 기틀을 보전하며 신명에게 고한 연후에, 싸우다가 승리하지 못하면 화친하여도 늦지 않다 하였다. 이는 이지백이 성종의 중국 문물만 즐기고 그리워하여 국민 감정에 어긋남을 나무란 것이라고 하였다. 이지백이 말한 선왕은 고려의 선대이고 선랑회는 화랑회이다. 태조 이래로 대개 신라의 회랑회를 중흥하여 연등·팔관 등의 회와 병행하다가, 성종이 유교를 독실히 믿고 중국풍을 숭상하여 낭·불 양가의 회를 혁파하였던 것이 명백하다. 이제 외국의 침입을 당하여, 그처럼 융숭한 예우를 받는 유교의 여러 신하들이 외구를 물리칠 계책은 추호 만큼도 안출하지 못하고, 도리어 땅을 떼어 나라를 파는 거동으로 임금을 권하였다. 그러므로 이지백의 이 아룀은 첫째,

유신의 나약함을 호되게 꾸짖고 둘째, 낭·불 양가를 위하여 억울함을 호소하며 셋째, 국풍파를 대표하여 중화 숭배자를 큰 소리로 꾸짖은 것이니, 여기에서 낭·불 양가의 국풍파들이 유교도에 대한 불평을 품고 있음이 이미 오래임을 볼 수 있다.

이 뒤로부터 조신(朝臣)의 조정 공론자가 드디어 양파로 나뉘었다. 낭가는 항상 국체상의 독립·자주·칭제(稱帝)·건원(建元)을 주장하며, 정책상으로는 군사를 일으켜 북벌하여 압록강 이북의 옛 강토를 회복하자고 역설했다. 유가는 반드시 존화주의의 견지에서, 국체는 중화의 속국이 되어야 한다고 주장하니, 따라서 그 정책은 비사(卑辭)와 후한 폐물로 대국을 섬기어 평화로 나라를 보전해야 함을 역설하여, 피차 반대의 처지에 서서 항쟁하였다. 예를 들면, 현종 말년에 발해의 중흥을 도와 거란을 쳐서 옛 강토를 회복하자는 곽원(郭元)이 있는 반면, 본토를 삼가 지켜서 백성을 보호하자는 최사위(崔士威) 등이 있었다. 덕종 초년에 압록강 다리 철거와 구류된 우리나라 사신의 귀환을 걸안에게 요구하다가, 듣지 않거든 단교하자는 왕가도(王可道) 등이 있는 반면에, 외교를 근신하여 전쟁의 피해가 없도록 하자는 황보유의(皇甫兪義) 등이 있었다. 기타 고려조의 역대 외교에 번번이 자존의 강경론을 편 이들은 거의 낭파나 혹은 간접으로 낭파의 사상을 받은 사람이었다. 비사와 후한 폐물의 사대론을 고집한 이들은 대개 유교도들이었고, 불교는 자체의 성질상 정치 문제에 관하여 낭가처럼 격렬히 계통적 주장을 가지지 않았으나, 대개는 낭가와 가까이하였다.

팔관회를 《삼국사기》에는 부처의 법회라 하고, 《해동역사》에는 한(漢) 때의 대포(大酺)와 같은 가례(嘉禮)의 경사 모임이라고 하였다. 요즘 이능화(李能和)가 지은 《불교통사》에는 《고려사》 태조 천수 원년에 '팔관회를 베풀어… 그 사선 악부(四仙樂部)'와 태조 유훈(遺訓)에 '팔관은 하늘 및 산천의 용신을 섬긴 것'과, 의종 32년에 '지금 팔관회에서 미리 양반집의 재산이 유족한 자를 가려 정하여 선가(仙家)로 삼았다' 등의 말을 인용하여, 팔관회를 선가 섬기는 모임으로 불사를 겸하여 끼운 것이라 하였다. 그러나 사선(四仙)은 《삼국유사》에 의거하면 화랑의 사성(四聖)인 영랑·부례랑(夫禮郞) 등의 병칭이며, 선가는 그 위아래의 글을 참조하여 보건대 또한 화랑을 가리킨 것이다. 대개 낭·불 양가의 관계가 접근한 이래로, 낭가의 소도(蘇塗) 대회에 팔관계(八關戒)를 쓴 것이니, 팔관을 대포의 유라 함도 틀리는 단정이거니와, 팔관의 선가를 중국 선교(仙敎)의 '仙'으로 인정함도 큰 잘못이다. 고려 초·중엽에는 화랑이 그 사상으로만 사회에 전해질 뿐 아니라 실제 그 회가 존속해 왔으므로, 화랑을 반대하는 유가에서도 그 명칭과 의식(儀式)을 많이 절취하였다. 그 한두 예를 들면, 최공도(崔公徒)·노공도 등은 화랑의 원랑도(原郎徒)·영랑도 등을 모방한 것이며, 학교의 청금록(靑衿錄)은 화랑의 풍류황권(風流黃卷)을 모방한 것이다. 그러나 사가의 삭제를 당하여 화랑의 사적이 캄캄하니, 어찌 탄식하고 한탄할 바가 아니랴.

4. 예종과 윤관(尹瓘)의 대여진(對女眞) 전쟁

고려의 한 시대에 화랑의 사상을 실행하려던 임금과 신하가 있었는데 예종과 윤관이다. 예종본기에 의거하면, 그 11년 4월에 '사선(四仙)의 유적에 영예의 칭호를 더 붙여야 하고… 국선(國仙)에 대해서는 벼슬길로 통하는 곳이 많아져서 국선이 되려는 자가 없으니, 대관의 자손들로 하여금 그 일을 실행케 해야 할 것이다'는 조서를 내렸다. 예종이 만일 화랑의 중흥을 동경하는 임금이었다면, 무슨 까닭으로 그 즉위한 지 10여 년 만에야 비로소 영랑·부례랑 등 사성(四聖)의 유적에 영화를 더하고 국선의 벼슬길을 열었을까. 이 조서는 서경의 새 궁궐에서 내린 것인데, 그 궁궐을 세운 사실이 예종본기에는 보이지 않았다. 그러나 오연총전(吳延寵傳)에 의거하면, 예종이 도참에 의하여 서경의 새 궁궐을 세우므로 연총이 간하였으나 듣지 않았다 하였는데, 이는 곧 여진 정벌 이전의 일이다. 그러므로 서경에 새 궁궐을 세운 것은 여진 정벌 이전의 일인 동시에 화랑 중흥책과 긴밀한 관계가 있는 것이며, 또한 여진 정벌과 관계된 것이다. 당시 사책에는 반드시 상세한 기록이 있었겠으나, 뒷날 김부식파 사가가 서경에 새 궁궐을 지은 것이 묘청의 천도 계획보다 먼저이므로 이를 삭제하는 동시에, 그가 원수처럼 본 화랑에 관한 기록도 물론 남겨 두지 않았을 것이다. 11년 조칙의 '국선 운운'은 그들, 화랑 전고(典故)에 무식한 사가들이 국선이 곧 화랑임을 모르고 무의식중에 삭제하지 않음이니, 이는 마치 《여지승람》에 '선(仙)'을 도교의 '仙'으로 오인하여 많은 화랑의 유적을 남겨 둠과 마찬가지다.

하여간 예종은 화랑 사상을 가진 임금으로 여진 정벌도 이 사상을 실행한 것임은 명백하다. 윤관은 신라 화랑 김유신(金庾信)을 숭배하여 위국 기도의 충성과 유월빙하(六月氷河)의 열렬한 신의를 가진 인물로, 예종과 뜻을 같이 하여 여진을 정벌해서 북변을 개척하고 9성을 건설하였다. 《고려사》에 의거하면 9성이 구사(舊史)에는 영(英)·웅(雄)·복(福)·길(吉)·함(咸)·의(宜) 6주(州)와 공험(公嶮)·통태(通泰)·평융(平戎) 3진(鎭)이다가, 철수하여 돌아올

조선 역사상 일천년래 제1대사건 157

때에 의주(宜州)와 공험·평융 2진이 없고 숭녕(崇寧)·진화(眞化)·의화(宜化) 3진이 갑자기 나타나니 의심스럽다. 또, 의주성(宜州城)은 정주(定州 : 현 정평) 이남에 있으므로, 여진을 쳐서 내쫓기 이전에도 쌓은 것이라 하여 9성의 수효를 의심했으며, 함주는 현 함흥이고 영주·웅주는 길주에 병합한 것이며, 복주는 현 단천(端川)이요 의주는 현 덕원(德源)이라 하고, 공험진·통태진·평융진 등지의 경계를 명확히 적지 못하여, 9성 거리의 원근을 흐리게 해서 지금껏 사가의 논쟁 거리가 되었다. 그러나 이 따위 구구한 문제는 아직 차치하고, 9성의 건설과 철수하여 돌아온 사실의 전말이나 간략히 논하고자 한다.

여진은 삼한 시대의 예맥이고 삼국 시대의 말갈인데, 고구려가 망하매 발해에 속하고 발해가 망하자 고려에 속하였다. 그러나 또 한편으로는 거란을 섬겼으므로 《문헌통고》에 '여진은 신하로 거란을, 노예로 고려를 섬겼다' 하고, 예종 4년에 여진 사자(使者)의 말에도 '여진은 큰 나라(고려)를 부모의 나라로 삼아 조공(朝貢)이 끊이지 않는다'고 한 것이다. 예종의 부왕 숙종이 여진이 점점 강대함을 미워하여 이를 정복하려 했으나, 다만 헌종의 잔당이 내란을 일으킬까 두려워 군사를 일으키기에 주저하다가, 임종 때에 여진을 정복할 밀지(密旨)를 예종과 윤관에게 내렸다. 예종과 윤관이 대병 17만으로 여진을 정벌하여 수천여 명의 목을 베고, 불과 몇 달 안에 9성의 땅을 획득하였다. 《고려사》 지리지에, 두만강 밖 7백 리 선춘령(先春嶺) 아래에, '여기서부터 고려의 경계로 삼는다[至此爲高麗之境]' 하는 일곱 자를 새긴 윤관의 비가 있다 하니, 윤관의 개척이 이조 김종서(金宗瑞)보다 멀리 지나침을 보겠다. 윤관의 성공을 낭도는 기뻐 날뛰었으나 유학도는 즐거워하지 않았다. 출병 초에도 벌써 유신(儒臣) 김연(金緣) 등이 상소하여 출병을 반대했는데, 9성을 설치한 뒤에 여진이 그 잃은 땅을 회복코자 번갈아 침입하니, 아군이 비록 연승하나 수년 동안에 인부의 징발과 재물의 손해가 적지 않았다. 유학도들은 이를 더욱 기회로 삼아 공박하니, 예종이 마침내 처음에 먹은 뜻을 굳게 지키지 못하고 9성을 거두어 여진에게 돌려 주었다.

《금사》를 고찰하면, 이때 여진군의 참모장은 금(金)의 태조(太祖)라, 거란은 점점 쇠약해지고 여진이 일어나는 때였다. 만일 예종이 초지를 굳게 지켜서 한때의 곤란을 잊고 윤관에게 오로지 맡겼더라면, 고려의 국세가 흥성하여 후세에 외국의 피정복자가 될 치욕을 면할 뿐 아니라, 곧 거란을 대신하여 흥한 것이 금이 아니고 고려일지 몰랐을 것이다. 그러나 여진은 9성 반환에 감은하여 그때부터 대대 자손이 세공(歲貢)을 바치고, 기와 조각이나 자갈이라도 고려의 국경에 던지지 않겠다고 맹세하였다.

이 뒤에 여진이 강대하여 대금국이 되매, 비록 고려에 바치던 조공은 폐하였으나 금 일대(一代)에 한 번도 고려를 침입한 일이 없었으니, 이는 윤관이 한 번 싸운 공이다. 관의 때에 사필(史筆)을 잡은 자들이 관을 원수처럼 보는 김부식의 무리였으니, 관의 전공(戰功)을 그대로 적지 않았으리라. 이것도 역사를 읽는 이가 알아 둘 바이다.

5. 묘청과 윤언이(尹彦頤)의 칭제 북벌론(稱帝北伐論)의 발생

앞서 서술한 바와 같이, 윤관이 비록 금 태조를 전승하였으나 고려의 유신들이 이를 반대하여, 더욱 진취함을 막을 뿐 아니라 이미 획득한 9성까지 돌려 주었다. 금 태조는 이에 고려와 강화하고 서북에 오로지 힘써서, 즉위한 지 10년 안에 거란을 멸하고 만주로부터 중화의 양자강(揚子江) 이북을 병합하여 대금제국을 건설하였다. 생면부지의 먼 곳에 있는 사람은 졸지에 흥하거나 망하거나 이를 심상히 볼 뿐이지만, 자기 집 행랑의 하인이 갑자기 죽었다면, 이를 볼 때 신경이 매우 흥

분됨을 면치 못할 것이니, 이는 인지상정(人之常情)이다. 수천년 이래 중화 대륙을 차지하는 자가, 악마 같은 진시황이거나 비적 괴수 한 고조(漢高祖)이거나 야만 종족인 거란의 태조이거나, 모두 그다지 조선 사람의 두뇌를 자극할 것이 없었다. 그러나 오직 금 태조가 중국 황제 됨에 이르러는 거의 흘겨보는 태도를 가지게 되었다. 금 태조는 원래 고려에 조공하던 여진족으로, 더구나 윤관에게 패하여 9성 등 천여 리 땅을 빼앗긴 야만의 우두머리로서, 일조에 중국 황제가 되어 어제의 정복자인 고려의 군신을 도리어 압박하기에 이르니, 고려의 군신이 어찌 분개하지 않을 것인가.

예종은 9성을 거두어 돌아온 것을 후회하면서, 국선의 중흥을 장려하여 서경에 천도하기를 계획하며, 또 성종 이래의 비사후폐적(卑辭厚幣的)인 외교 정책을 개혁하였다. 가끔 금 태조에게 보내는 국서 중에 너희 나라의 근원이 우리 땅에서 시작했느니, 너희가 원래 우리나라의 속국이니 하는 문구로 금국 군신의 분노를 촉발하여, 하마터면 국교상의 큰 결렬이 발생케 된 때가 허다하였다. 그러하였건만 금 태조는 지난 날의 맹약에 구속되어 갑자기 고려를 침범하지 않고, 예종은 9성의 전쟁에 여러 신하들의 반대로 경홀히 금과 대항하지 못하여 피차 평화를 유지하였다. 예종이 승하하고 인종이 즉위하매 낭가와 불가, 기타 무장과 시인 무리가 분발하여 일어나서, 칭제 북벌하기를 강경히 주장하기에 이르렀다.

칭제 북벌론의 영수는 세 사람이 있었는데 첫째, 윤언이(尹彦頤)다. 그는 관(瓘)의 아들로 유일한 낭가 계통이라, 북벌론의 영수가 됨이 필연코 당연한 일이었다. 그러나 윤언이가 칭제 북벌론을 주장할 때의 상소와 건의는 《고려사》 본전에 모두 삭제를 당하고, 오직 서경 전역(戰役) 후의 자명표(自明表 : 자기의 억울함을 해명하는 글)만 게재되어, 후세 사람이 윤언이가 칭제 북벌론자의 한 사람임만 알고 그 상세함은 모르니, 어찌 가석하지 않는가.

둘째, 묘청이다. 그는 서경의 승려로 도참설(圖讖說)을 억지로 끌어 맞추어, 서경에 천도하여 제호(帝號)와 연호를 칭한 뒤에, 북쪽으로 금을 정벌하자는 사람이었다.

셋째, 정지상(鄭知常)이다. 그는 7세 때, '누가 새 붓을 잡고 새을(乙)자를 강물에 쓰겠는가[何人把新筆 乙字寫江波]' 하는 강부시(江鳧詩)를 읊은 신동으로, 당시에 이름을 들날린 시인이며, 근세의 임백호(林白湖 : 임제)처럼 강토의 확대를 몽상한 인물이다.

이 세 사람의 칭제 북벌에 대한 의견은 같으나, 다만 묘청과 정지상은 서경 천도까지를 주장하였고, 윤언이는 거기에 동의하지 않았던 것이다. 묘청전에는 묘청·백수한(白壽翰)·정지상 3인이 다 서경 사람이므로, 서경 사람 김안(金安) 등이 존경하고 받들어 '서경삼성(西京三聖)'이라 칭하였다 하나, 백수한은 묘청의 제자라 따로 한 파를 칠 것이 없어 이에 거론하지 않는다.

6. 묘청의 광망(狂妄)한 거동— 서경의 거병(擧兵)

《고려사》에서는 묘청을 괴이한 반역자라 하였다. 이는 묘청이 음양가의 풍수설로 평양 천도를 제창한 때문이라 한다. 대개 신라 말엽부터 평양의 임원역(林原驛)은 대화(大華)의 형세라, 여기에 천도하면 36국이 내조(來朝)하리라는 비결이 유행하였다. 고구려가 망하고 평양 옛 도읍이 황폐하매, 신라의 비열한 외교를 분하게 여긴 불평객들이 이러한 비결을 조작하여, 문득 세상의 일종 미신이 되었는지 모를 일이다. 그러므로 신라 헌덕왕 14년의 김헌창(金憲昌)과 17년의 김범문(金梵文)이 모두 평양 도읍을 이룩함에 의탁하여 반병(叛兵)을 일으켰으며, 그 뒤 궁예(弓裔)의 이상적인 새 도읍은 평양이었다. 고려 태조도 그 훈요(訓要)에 평양은 지덕(地德)의 근본이라 하여, 뒷날 임금의 사중순주(四仲巡駐)를 권하였고, 혜종은 평양에 아주 큰 궁궐을 지어 도읍을 옮기려

하였으며, 예종도 평양에 새 궁궐을 지었다. 이와 같이 평양에 도읍을 세움이 역대 왕조의 기도(企圖)였던 것이다. 그러나 기실은 평양에 천도하면 북방 외구와 아주 가까우니, 만일 적군이 압록강을 건너는 때에는 도성이 먼저 병화의 요충이 되므로, 중앙의 근본이 흔들려 한 번만 조금 좌절하여도 온 나라가 두려워하여 놀랄 것이다.

평양은 참으로 당시 도성이 될 지점으로 만부당하거늘, 칭제 북벌론자들이 번번이 평양 천도를 전제로 함은 대단한 실책이니, 윤언이가 전자를 주장하고 후자에 동의하지 않았음은 과연 탁견이라 이를 것이다. 그러나 비결과 풍수설로 평양 천도를 주장함은 묘청에서 비롯함이 아니니, 이로써 묘청을 괴이한 역적이라 함은 너무 억울한 판결이다. 묘청은 바람을 맡았다는 신과 비를 맡았다는 신을 지휘할 수 있다고 하며, 대동강 밑바닥에 기름떡을 담그고 신룡이 토해 낸 침이라 하여, 백관이 축하를 표하기를 청함이 어찌 괴이한 역적의 일이 아닐까. 그러나 이러한 일은 고려 이전에도 항상 있은 일이니, 고대에 종교·정치상의 인물들이 번번이 아득한 천신을 의탁하여 군중을 농락한 일이라, 이것으로 묘청을 죄되게 함도 또한 공정한 말이 아닐 것이다. 그러면 어찌하여 묘청을 광망하다 하였는가.

예종본기나 묘청전을 보면, 당시 칭제 북벌론에 기울어진 이들이 거의 전 국민의 반이 넘으며, 정치 세력의 중심인 군주 인종도 열에 아홉은 묘청을 믿었다. 다만 김부식·문공유(文公裕) 등 몇 사람의 반대자가 외구의 형세를 매우 과장하며, 그 전통적 사대주의의 보루를 고수하려 하였다. 그러나 이를 공파함이 그다지 어려운 일이 아니거늘, 이제 이와 같이 성숙한 시기를 잘 이용하지 못하고, 문득 김부식의 한 번 상소로 인종이 천도 계획을 그만둠을 분노하여, 서경에서 군사를 일으켜 '천견충의군(天遣忠義軍)'이라 자칭하였다. 국호를 대위(大爲), 연호를 천개(天開)라 하며, 평양을 상경(上京)으로 정하고 인종에게 상경의 새 궁궐로 거처를 옮겨서 그 국호와 연호를 받으라고 요구했으니, 그 시대 신하의 예(禮)로 그 얼마나 발호한 행동인가. 이와 같이 발호한 행동을 취하려 했으면, 반드시 그 내부가 공고하고 실력이 웅장·농후한 뒤에 발표할 것이 아닌가. 묘청이 거병한 밀모에 윤언이와 정지상이 함께 참여하지 못했을 뿐더러, 묘청의 심복 제자인 백수한까지도 송도에 있어서 진행 내막에 아득하여 알지 못하고, 그의 공모자가 불과 서경 분사(西京分司)의 병부상서 유참(柳旵), 분사 시랑 조광(趙匡) 등뿐이었다. 문득 서경병마사 이중(李仲)을 잡아 가두고 그 군사를 빼앗아 거사하였으니, 인종이 비록 나약하나 어찌 대위국 황제의 허명을 탐내어 발호한 신하의 근거지인 서경으로 즐거이 거처를 옮겼을 것인가. 윤언이가 비록 묘청의 칭제 북벌론에는 뜻을 같이 하던 한 사람이지만, 어찌 이와 같이 광망한 거동에야 일치할 수 있었을 것인가. 윤언이의 일파는 고사하고 묘청의 친당인 문공인(文公仁) 등도 거병 소식이 처음 송도에 이르렀을 때에는 거의 이런 일이 아주 없으리라고 믿게 되었다. 그러나 사실이 차차 적확하여 오매 칭제 북벌론자들은 모두 와해되고 반대자들은 매우 좋아하여, 김부식이 원수(元帥)로 묘청 토벌의 길에 오르고, 정지상·백수한 등은 출병 전에 김부식에게 피살되며, 윤언이는 묘청과 같은 칭제 북벌론자임에도 불구하고 김부식의 부하로 묘청 토벌자의 한 사람이 되었다.

정지상은 시재가 고금에 절륜하여 문예가의 숭배를 받다가 김부식에게 죽었으므로, 후세의 시인들이 불평하여 그에 대한 일화가 많이 유행한다. 그 한두 가지 예를 들면, 김부식이 정지상의 '절에서는 경쇠를 쳐서 파하고, 하늘빛은 파란 보석유리보다 맑구나[琳宮擊磬罷 天色淨瑠璃]'의 두 구를 달라다가 지상이 허락하지 않아서 살해했다고도 하며,

그대가 술 있거든 부디 나를 부르소서

내 집에 꽃 피거든 나도 또한 청하오리
그래서 우리의 백년 세월을 술과 꽃 사이에서

혹은 정지상이 이 시조 한 수를 지었더니, 김부식이 보고 이 놈이 시조도 나보다 잘한다 하여 살해하였다고도 한다. 이와 같은 문예의 시새움도 한 원인이 될지 모르나, 대체 김부식은 사대주의의 괴수요 정지상은 북벌파의 굳센 장수이니, 만일 정지상을 살려 그 작품의 유행을 용납한다면, 혹시 그 주의가 부활할지 모를 일이라, 이것이 김부식이 정지상을 살해한 가장 큰 원인이다.

7. 묘청의 패망과 윤언이의 말로

인종 13년 정월에 묘청이 서경에서 거병하매, 인종이 김부식에게 '토역원수(討逆元帥)'의 벼슬을 내리고, 김정순(金正純)·윤언이 등이 부(副)가 되어 중군을 거느리고, 김부의(金富儀)·김단(金旦) 등은 좌우 양군을 거느려 출정하였다. 불과 수십 일에 조광(趙匡)이 묘청을 목 베어 항복을 청하거늘, 광의 사자(使者) 윤첨(尹瞻)을 하옥하니, 광이 다시 버티어 지켜 그 이듬해 12월에야 비로소 성을 함락하고 조광을 목 베었다. 처음 김부식이 행군 도

중 보산역(寶山驛)에 이르러, 군사 회의를 열고 공격하는 완급의 가부를 여러 장수에게 물었다. 윤언이 등 여러 장수는 모두 급공을 주장하나, 김부식은 묘청이 흉모를 품은 지 5, 6년이므로 그 수비가 튼튼하리니, 며칠 사이에 쳐서 함락할 것이 아니라 하여 천천히 공격하기로 결정하였다.

그러나 묘청은 실상 음모를 꾸며 온 것이 아니었다. 다만 그 광망한 생각에 서경을 웅거하고 거병하여 인종의 천도를 재촉하면, 김부식 등 사대주의파는 저절로 놀라 흩어지고, 인종은 할 수 없이 왕림하리라고 여긴 것인데, 뜻밖에 토벌군이 이르매 그 도당의 묘청에 대한 신망이 갑자기 떨어져서, 드디어 묘청을 목 베어 항복을 청한 것이니, 이는 사실(事實)이 명중하는 것이다. 조광 등이 묘청을 목 벤 뒤에 조정의 사(赦)할 뜻이 없음을 알고 이에 갑작스레 배반하여 항전하였다. 만일 김부식이 윤언이를 신용하였으면 며칠 사이에 토평했을 것인데, 부식이 언이를 시새움하여 천천히 공격할 계책을 쓰다가, 마침내 두 해에 걸치도록 승산이 없었다. 안으로는 임금의 의심과 두려움이 적지 않고, 밖으로는 금국 침입의 염려가 급하매, 언이의 말을 들어 장인(匠人) 조언(趙彦)이 제조한 석포(石砲)로 성문을 부수고 화구(火毬)를 던져 성을 함락한 공적을 아뢰었다.《고려사》

의 묘청·윤언이·김부식 3전(傳)을 상세히 고찰하면, 이 전역(戰役)의 성공은 모두 윤언이의 계책에서 나온 것이고, 김부식은 조그만한 공로도 없음이 명백하다. 윤언이가 묘청과 한가지로 칭제 북벌론자로서 이제 도리어 묘청 토벌에 진력했으니 주의(主義)를 저버림이 아닌가. 그러나 이는 묘청의 허물이고 윤언이의 잘못이 아니라 할 것이다.

묘청의 행동이 광망하여 같은 당의 정지상 등을 속여 죽음의 구렁텅이에 빠뜨리고, 그 밖의 모든 같은 주의자를 진퇴양난의 지경에 서게 하여, 칭제 북벌의 이름까지도 세상 사람의 꺼리는 바가 되게 하였으니, 윤언이가 비록 천재인들 어찌할 것인가. 그러나, 개선한 후에 김부식은 윤언이를 정지상의 친우라 하여 죄로 몰아 죽이려 해서, 전공을 세운 상을 받지 못할 뿐 아니라, 도리어 6년 동안을 멀리 귀양살이하다가 겨우 살아서 돌아왔다.

윤언이는 자기의 억울함을 해명하는 글에서, '임자년에 서경 행차하신 때, 연호를 제정하고 황제 칭호 쓰시기를 청원하였고… 그 까닭은 이러합니다. 연호를 제정하자는 청원은 주상을 높이 받들려는 지성에서 출발한 것입니다. 우리 왕조에서도 태조·광종 때에 그러한 사실이 있었습니다. 과거의 문건을 상고하오니, 비록 신라와 발해가 그랬으나…' 하여 연호 한 가지 일만 사리를 밝히고 칭제 한 건은 묵과하였다. 칭제 북벌의 논자로 사대주의의 조정에서 구차스레 살려고 하니, 그 몸가짐의 거북함과 언론의 부자유함을 상상해 볼 수 있다.

윤언이전에 의거하면, 그가 늙바탕에 불교를 매우 좋아하여, 승려 관승(貫乘)과 불교를 연구하는 벗이 되었다. 관승이 이전에 둥근 부들 방석 하나를 만들어 언이에게, 누구든지 둘 중에 먼저 죽는 사람이 이것을 사용하기로 언약하였다. 하루는 언이가 관승을 만나고 돌아오매 관승이 그 방석을 보냈거늘, 언이가 웃으며 '스님이 언약을 저버리지 않았구나' 하고, 벽에 글을 썼다. '봄이 지나 다시 가을 되니 피는 꽃 지는 잎이네. 동쪽에서 서쪽으로 가고 또 가는데, 나의 본성이나 잘 기르리라. 생사 도중에 선 오늘, 이내 몸을 돌이켜보니, 모든 것이 만리 장공의 한 조각 한가로운 구름이었네[春復秋兮 花開葉落 東復西兮善養眞君 今日途中反觀此身 長空萬里一片閑雲]' 하고 그 방석에 앉아서 영면(永眠)하였다. 그 벽에 쓴 글이 표면으로는 한낱 불게(佛偈)와 같으나, 기실은 주의상 실패한 분노가 언외(言外)에 넘친다. 단 한 가지 잘못으로 모든 것이 다 그릇됨은 천하의 더할 수 없이 원통한 일이다.

묘청이 비록 그 행동은 광망했으나, 그 주의상 불후의 가치는 김부식류에 비할 것이 아니거늘, 이전의 역사에 헐뜯어 깎아 내리는 말만 있고 살린 말은 전무하니, 이는 공정한 판결이 아니다.

8. 이 전역 후 《삼국사기》 편찬

묘청이 패망하여 서경 전역(戰役)이 결말되매, 김부식이 드디어 수충정난정국찬화동덕공신(輸忠定難靖國贊化同德功臣) 휘호(徽號)에 개부의 동삼사 검교태사 수태보 문하시중 판상서사 겸이예부사(開府儀同三司檢校太師守太保門下侍中判尙書事兼吏禮部事)의 영직(榮職)에, 또 집현전 태학사 감수국사(集賢殿太學士監修國史)의 문임(文任)을 맡아, 고려 당시의 국사(國史)를 감수하는 동시에 라(羅)·려(麗)·제(濟) 《삼국사기》를 편찬하였다.

선대 유학자들이 말하기를, 삼국의 문헌이 모두 병화에 없어져 김부식이 고거할 사료가 부족하므로, 그가 편찬한 《삼국사기》가 그렇게 엉성하다 하나, 기실은 역대의 병화보다 김부식의 사대주의가 사료를 태워 없앤 것이다. 부식의 때에 단군의 《신지(神誌)》, 부여의 《금간옥첩(金簡玉牒)》, 고구려의 《유기(留記)》와 《신집》, 백제의 《서기(書記)》, 거칠부의 《신라사》 같은 것이 남아 있었는지의 여부는 알 수 없다. 그러나 이제 《삼국사기》의 인용 서목으로 보면, 《해동고기》《삼한고기》《고려(고구려)고기》《신라고사》《선사(仙史)》《화랑세기》 등은 다 부식이 당시에 본 것이다. 고구려와 백제가 멸망하여 신라와 발해가 함께 대치한 지 불과 2백년 만에 고려 왕씨 조가 되었으므로, 려·제·라·발의 옛 비에 남은 글과 민간 전설이 많이 남아 전해졌을 것이니, 이것도 채집할 수 있을 것 아닌가.

그뿐 아니라, 김부식 이후 5, 6백년 만에 외국인이 저작한 《성경지(盛京志)》《직례통지(直隸通志)》 등 서적에도 고구려 대 수·당 전쟁의 고적인 고려성·고려영·개소둔(蓋蘇屯), 당 태종이 말에서 떨어진 곳, 황량대(謊糧臺) 등이 많이 기재되었으니, 부식 때에는 사료가 될 만한 고적이 더욱 풍부했을 것이다. 그가 요(遼)와 송에 왕래할 때에 마음대로 수집할 수 있었으리라. 부식 이후 수백 년, 곧 고려 말엽에 저작한 《삼국유사》에는 이두문의 시가를 많이 게재하였고, 이조 초엽에 편찬한 《고려사》에는 고구려의 〈내원성(來遠城)〉과 백제의 〈무등산〉(둘 다 이두문의 시가)이 그 뜻을 해독한 증거가 있다. 부식의 때에는 이보다 풍부한 삼국의 국시(國詩)인 이두문의 시가를 망라할 수 있었겠으나, 이는 다 부식이 원수처럼 본 것이고 채록하고자 하는 사료가 아니었다.

무슨 까닭인가 하면, 부식의 이상적 조선사는 ⑴ 조선의 강토를 바짝 줄이어, 대동강 혹은 한강을 국경으로 정하고, ⑵ 조선의 제도·문물·풍속·습관 등을 모두 유교화하여, 삼강오륜(三綱五倫)의 교육이나 받고, ⑶ 그런 뒤에 정치란 것은 오직 외국에 사신 다닐 만큼 비열한 외교의 사령(辭令)이나 맡을 사람을 양성하여, 동방 군자국의 칭호나 유지하려 함이었다. 그러나 김부식 이전의 조선사는 거의 부식의 이상과 배치되어, 강토는 요하를 건너 동몽골까지 연접한 때가 있으며, 사회는 낭가의 종교적 무사풍을 받아 공맹의 유훈과 다른 방면이 많았다. 정치계에는 가끔 광개토왕·동성대왕·진흥대왕·사법명(沙法名)·을지문덕·연개소문같이 외국과 도전하는 인물이 그 사이에 나와서 부식의 두통 거리가 한둘뿐만이 아니었다. 그렇더니 이제 천재일우로 서경 전역에 승리한 뒤를 기회로 삼아, 그 사대주의를 근거하여 《삼국사기》를 짓는데, 그 주의에 맞는 사료는 늘이고 기리거나 고쳐 짓고, 맞지 않는 사료는 깎아 내리고 고치거나 없애 버렸다.

나의 말을 불신하거든 《삼국사기》를 보라. 부여와 발해를 빼버렸을 뿐 아니라, 백제의 위례는 직산(稷山)이라 하고, 고구려의 주·군을 반수 이상이나 한강 이남으로 옮겼으며, 신라의 평양주(平壤州)를 삭제하여 북방 강토를 외국에 떼어 넘겨 줌으로써, 그 이상(理想)에 맞추려 함이 아닌가. 조선의 고유한 사상으로 발전한 화랑의 성인인 영랑·부례랑 등은 성명도 기재하지 않고, 당의 유학생으로 거의 당에 동화한 최치원 등을 숭배하였다. 당과 혈전한 부여복신은 열전에 올리지 않고, 항복한 흑치상지(黑齒常之)를 특별히 실었음이, 그 이상에 맞추려 함이 아닌가. 기타 이와 같은 종류가 허다하여 매거할 수 없다.

대개 자기의 이상과 배치되는 시대의 역사에서 자기 이상에 부합하는 사실만 수집하려 하니 그 사료도 모자랐거니와, 또 부득이 공자의 필삭(筆削)주의를 써서, 그 사실(史實)을 더하고 줄이거나 고쳐 지을 수밖에 없었을 것이다. 그 중에 가장 삭제를 당한 것은 유교도의 사대주의와 반대되는 독립 사상을 가진 낭가의 역사인 것이다. 아, 이적(李勣)과 소정방(蘇定方)이 고구려와 백제의 문헌을 쓸어 없앴다 하지마는, 그 사학계의 큰 액운이 어찌 김부식의 서경 전역의 결과에 미치랴.

김부식이 화랑의 역사를 증오했을 것인데, 무슨 까닭으로《삼국사기》중에 그 사실을 다 삭제하지 않았는가. 부식은 대개 중국사를 존중히 여기는 이라, 화랑의 사실이 당(唐)의《신라국기》《대중유사(大中遺事)》등의 서적에 기재되었으므로, 부식이 부득이 몇 줄의 낭가 전고를 적은 것이다. 낭가에서 여교사를 원하(源花)라 하고 남교사를 화랑이라 한 것인데, 《삼국사기》에는 원화와 화랑의 구별을 혼동하였다. 사다함전(斯多含傳)에 보면, 그가 진흥왕 26년에 화랑이 되었는데, 본기의 진흥왕 27년에 원화와 화랑이 비롯하였다 하여 그 연대를 착오하였다. 화랑은 고구려의 조의선인(皁衣仙人)을 모방한 것인데, 그 내력을 말살하였으니 가석한 일이 아닌가.

내가 이전에 《고려도경》을 열람하다가 그 목록에 '선랑(仙郞)'이 있어, 매우 반갑게 그 편을 펼쳐 보니, 전부가 한 글자도 없는 빠진 페이지가 되고 말았다. 중국 사람이 쓴 삼국과 발해에 관한 기사로 《동번지(東藩志)》 《발해국지》 등 허다하였지만 1권도 전하는 것이 없다. 그 전하여 오는 서적에도 우리가 요구하는 바, 조선의 자랑할 만한 사실로 《삼국사기》나 《고려사》에 빠진 기사는 번번이 빠진 페이지였다. 《남제서》에 적힌 동성대왕과 사법명의 전쟁사가 2페이지 빠지고, 《고려도경》에 선랑 전고의 기사는 몇 페이지가 빠졌다. 이 어찌 뒷날에 고의로 한 것이 아닌가.

9. 《삼국사기》가 유일한 고사 된 원인

 모든 옛 기록인 《선사(仙史)》와 《화랑세기》 등은 모두 멸종되고, 오직 《삼국사기》라는 한 서적이 세상에 전하였으니, 이는 그들 모든 역사의 가치가 모두 《삼국사기》보다 열등한 명증이 아닌가. 그러나 그것은 본서의 우열로 생긴 결과가 아니라, 다음의 몇 가지 사건에서 원인함이다.

 (1) 서경 전역 후에 다시 제2의 남경 전역이 나지 못하여, 윤언이·정지상 등 일류 인물은 주살이나 귀양을 당하여, 재차 그 주의를 사회에 제공하지 못하게 되매, 화랑·불교 제가의 역사는 독자의 요구가 못 되었다. 그럴 뿐더러, 또는 김부식이 《삼국사기》를 편찬한 뒤에는, 전술한 옛 기록 등 모든 사료를 궁중에 비장하여, 다른 사람의 열람할 길을 끊어 자기의 박학자인 명예를 보전하는 동시에, 국풍파의 사상 전파를 금지하는 방법으로 삼은 것이다. 그리하여 《삼국사기》가 홀로 당시 사회의 유일하게 유행하는 역사가 된 것이다.

 (2) 《삼국사기》가 유행된 이후에 고려의 국세는 더욱 쇠약해져 갔다. 그리하여 불과 백여 년 만에 몽골이 일어나서, 그 세력이 유럽·아시아 양 대륙에 가로 질러 중화를 병합하매, 고려가 오직 비사(卑辭)·후폐(厚幣)로 그 국호를 유지하게 되었다. 그러다가 마침내 저들의 압박

이 정치 이외의 각 방면에 미쳐 '황도(皇都)' '황궁' 등의 명사를 폐하게 되며, 심지어 팔관회에 쓰는 악부시가(樂府詩歌)까지 가져다가 '천자' '일인(一人)' 등의 낱말을 고치게 하고, 왕건 태조 이래의 실록을 가져다가 허다하게 고치고 지웠다. 이에 오직《삼국사기》같은 사책에 의거하여, 우리가 예로부터 사대하는 성의가 있다는 자랑을 하게 된 때, 궁중 비장의 고사가 더욱 깊이 감춰진 것이다.

(3) 몽골의 세력이 물러가매 고려조의 운명도 종말을 고하였다. 이씨조가 창업하매 내정과 외교를 다 자주(自主)하여 다른 방면의 견제를 받지 않았다. 그러나 다만 그 창업이 비롯된 원인이 위화도의 회군으로 됨으로써,《삼국사기》이외의 역사를 세상에 공포할 의기가 없어, 송도의 비장이 다시 한양의 비장이 될 뿐이었다. 정도전(鄭道傳)이《고려사》를 편찬하는데《삼국사기》의 작법을 받들어 이어서, 몽골 조정에서 미처 다 고치지 못한 나머지까지 고쳤다. 그 뒤에 세종이 김종서·정인지(鄭麟趾) 등에게 명하여, 태조 이래 실록 가운데 '조(詔)' '짐(朕)' 등의 글자를 정도전이 '교(敎)' '여(予)' 등으로 고친 것을 다시 원문대로 회복하였다. 그러나, 그 전부가 거의 정도전이 고친 원본이었으니, 더구나 몽골 조정에서 삭제한 것이야 어찌 회복하였으랴. 그러므로, 고려의 사료

도 사료가 될 만한 사료는 삼국의 사료처럼 모두 비장 속에 갇혀 있게 된 것이다.

(4) 중국에서는 본조사(本朝史)를 자유로이 저작하지 못하는 악습이 있었거니와, 우리 조선에는 전대사까지도 관리나 준관리 이외에는 마음대로 보거나 쓰지 못하는 괴습이 있었다. 그러므로 회재(晦齋) 이언적(李彦迪)이 사벌국전(沙伐國傳)을 지어 몰래 집에 감추어 놓았다가, 우연히 친구가 가져 가게 되어 큰 화를 당할 뻔한 일이 있었다. 그래서, 상고 이래 역대의 비장이 수백 년 이래 경복궁 안에 숨어 내외하는 처녀적 서적이 되었다가, 임진란의 병화에 없어지고 말았을 것이다. 그리하여 삼국의 사료가 될 모든 역사가 죄다 멸종되고, 오직 《삼국사기》만 전하여 온 것이 상술한 몇 가지 원인에 불과할 것이다.

그러면 《삼국유사》는 어찌 널리 전파되었는가. 이는 다만 불교의 원류를 서술하고, 정치에는 간혹 언급하였어도 대체가 《삼국사기》를 본받은 것뿐이고, 사대주의의 의견과 충돌한 곳이 없는 까닭이다. 대각국사(大覺國師)의 《삼국사》는 김부식 《삼국사기》 이전의 저술인데, 《이상국집(李相國集)》 가운데 동명왕편 주에 인용한 것으로 보면, 그 사료적인 가치가 《삼국유사》보다 갑절이나 나을 것인데, 이것도 마침내 멸종됨은 김부식의 《삼국사기》와 취지가 같지 않은 까닭이다. 《고려사》는 정도전이 편찬하다가 반역으로 죽고, 김종서가 이어서 완성하였으나 그도 정변에 죽었으므로, 세조가 드디어 정인지의 편찬이라 이름하여 세상에 전한 것이다.

10. 결 론

이상 서술한 것을 다시 간략히 총괄하여 보면, 조선의 역사가 원래 낭가의 독립 사상과 유가의 사대주의로 분립하여 오다가, 갑작스레 묘청이 불교도로서 낭가의 이상을 실현하려 하였다. 그러다가 그 거동이 너무 광망하여 패망하고, 드디어 사대주의의 천하가 되어, 낭가의 윤언이 등은 겨우 유가의 압박 아래에서 그 잔명을 구차히 보전하게 되었다. 그 뒤 몽고의 난을 지나매 더욱 유가의 사대주의가 득세하게 되고, 이조는 창업이 곧 이 주의로 성취되매 낭가는 아주 멸망하여 버렸다.

정치가 이렇게 되매 종교·학술 기타 모두가 사대주의의 노예가 되었다. 불교를 믿으면 외양에 따르는 봉갈(棒喝)을 전수하는 보우(普愚)가 날지언정 평지에서 돌기하는 원효(元曉)가 날 수 없으며, 유교를 따른다 하면 정주(程朱)의 법도를 각별히 준수하는 퇴계나 율곡이 될지언정 문로(門路)를 자립하는 정죽도(鄭竹島: 여립)는 존립

할 수 없었다. 비록 세종의 정음이 창조된 뒤일지라도 원랑도(原郞徒)의 송가가 나지 않고, 당인(唐人)의 월로(月露)를 읊는 한시 작가들이 가득 찼었다. 비록 갑오·을미의 좋은 기회를 만났을지라도, 진흥대왕 같은 경세가가 일어나지 않고 외세를 따라 옮기는 사회가 될 뿐이니, 아, 서경 전역이 지은 원인을 어찌 중대하다 아니하랴.

조선사 연구(초)

초판 1쇄 발행 / 1997년 3월 20일
2판 1쇄 발행 / 2004년 2월 10일
3판 1쇄 발행 / 2014년 11월 10일
4판 1쇄 발행 / 2023년 6월 10일

지은이   신채호
펴낸이   윤형두
펴낸데   범우사

등록번호   제406-2003-000048호
등록일자   1966년 8월 3일
주소   (10881) 경기도 파주시 광인사길 9-13 (문발동)
전화   031)955-6900~4, 팩스 031)955-6905

잘못된 책은 바꾸어 드립니다.
ISBN 978-89-08-06154-5 04890   홈페이지 www.bumwoosa.co.kr
     978-89-08-06000-5 (세트)   이메일 bumwoosa1966@naver.com